André Gide

La séquestrée de Poitiers

suivi de

L'affaire Redureau

Gallimard

André Gide (1869-1951), prix Nobel, a été toute sa vie préoccupé par le problème de la justice. En 1912, il avait été désigné comme juré et avait siégé du 13 au 25 mai à la Cour d'assises de Rouen. Il a rapporté ses impressions dans les Souvenirs de la Cour d'assises.

En 1930, toujours préoccupé par le problème de la justice et de la vérité, il fonde à la N.R.F. une collection au titre éloquent : « Ne jugez pas. » Il se propose d'exposer une documentation « autant que possible authentique » sur des affaires échappant aux règles de la psychologie traditionnelle et déconcertante pour la justice.

Le premier dossier réuni par André Gide est celui de *La Séquestrée de Poitiers :* le 22 mai 1901, le procureur général de Poitiers apprenait par une lettre anonyme que Mlle Mélanie Bastian, âgée de cinquante-deux ans, était enfermée depuis vingt-cinq ans chez sa mère (veuve de l'ancien doyen de la Faculté des Lettres de Poitiers) dans une chambre sordide, où elle vivait parmi les ordures dans l'obscurité la plus complète. Comment cette affaire, où la culpabilité de Mme Bastian et de son fils semblait évidente, put-elle aboutir à un acquittement des inculpés? L'exposé d'André Gide permet de comprendre cette décision et éclaire magistralement cette affaire qui est devenue légendaire. Qui n'a entendu répéter l'expression inventée par la séquestrée : le « Cher Grand Fond Malampia »?

Le second dossier est celui de *L'Affaire Redureau :* le

13 septembre 1913, le jeune Marcel Redureau, âgé de quinze ans et domestique au service des époux Mabit, cultivateurs en Charente-Inférieure, assassinait toute la famille Mabit et leur servante : en tout sept personnes. Pourquoi cet enfant docile et doux, reconnu parfaitement sain de corps et d'esprit, né de parents sains et honnêtes, a-t-il commis ces crimes?

La séquestrée de Poitiers

« ... j'ai découvert que tout le malheur des
hommes vient d'une seule chose, qui est de
ne savoir pas demeurer en repos, dans une
chambre. »

Pascal, *Pensées,* p. 94 (éd. Massis).

« *Il suffit, bien souvent, de l'addition
d'une quantité de petits faits très simples et
très naturels, chacun pris à part, pour obtenir
un total monstrueux.* »

Les Faux-Monnayeurs, I, 4, p. 51.

Mme Blanche Monnier de Marconnay, mère de la séquestrée. (Photo *L'Illustration.*)

Le frère de la séquestrée, Marcel Monnier. (Photo *L'illustration.*)

Les deux bonnes dans le jardin de Mme Monnier. (Photo *L'Illustration.*)

La maison des Monnier,
rue de la Visitation
à Poitiers.
(Photo *L'Illustration.*)

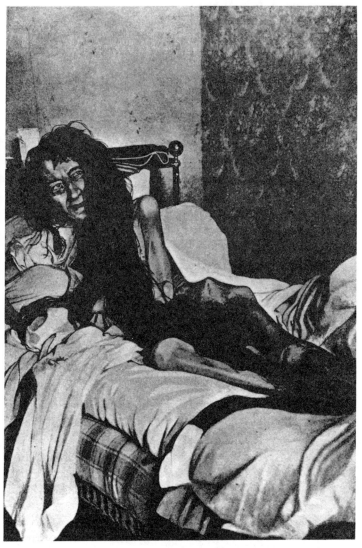

Blanche Monnier, la séquestrée de Poitiers.
Photographie prise à son arrivée à l'hôpital. (Photo *L'Illustration*.)

Blanche Monnier à l'hôpital.
On lui a coupé les cheveux.
(Archives René Dazy.)

Blanche Monnier en convalescence.
Supplément du *Petit Journal Illustré*.
(Collection Jean Henry.)

L'AFFAIRE DE LA « SÉQUESTRÉE » AU TRIBUNAL CORRECTIONNEL DE POITIERS. — Dessins de L. Sabattier.

Croquis d'audience au procès de la « Séquestrée » au tribunal correctionnel de Poitiers. De gauche à droite : Juliette Dupuy, le président Fontant, Eugénie Tabeau, une bonne, M. Marcel Monnier, frère de la séquestrée, l'abbé de Mondion, aumônier de l'Hôtel-Dieu de Poitiers. (Photo *L'Illustration*.)

La recluse de Poitiers, chanson de Léo Lelièvre
et Émile Spencer. (Collection Jean Henry.)

« La recluse de Poitiers, grande complainte sur la pauvre femme séquestrée. » Feuille de colportage. (Archives René Dazy.)

La rencontre de Latude et de Blanche Monnier.
L'Assiette au Beurre du 20 septembre 1902. (Archives René Dazy.)

AVANT-PROPOS

J'ai quelque scrupule à signer la relation de cette singulière histoire. Dans l'exposé tout impersonnel que je vais en faire, je n'eus souci que de mettre en ordre les documents que j'ai pu recueillir, et de m'effacer devant eux.

Voici comment *La Vie illustrée* présentait à ses lecteurs, en 1901, l'étrange affaire qui va nous occuper :

LES DRAMES CACHÉS.
LA SÉQUESTRÉE DE POITIERS.

« A Poitiers, dans une rue calme et paisible, au nom monacal, la rue de la Visitation, vivait, universellement honorée dans la région, une famille de haute bourgeoisie. Mme veuve Bastian [1], née de Chartreux,

---

1. C'est vraisemblablement par discrétion qu'André Gide, à l'époque, avait substitué aux patronymes et prénoms des principaux acteurs de ce drame des noms de pure invention. Par contre, le cahier iconographique ci-joint rétablit leur identité telle que l'a diffusée la presse contemporaine. *(N.d.E.)*

de lignée poitevine fort aristocratique, habitait là avec
son fils, M. Pierre Bastian, ancien sous-préfet de Puget-
Théniers, au Seize-Mai. Mme Bastian de Chartreux,
âgée de soixante-quinze ans, demeurait dans la maison
où elle avait vécu avec son mari, ancien doyen de la
Faculté des Lettres de la vieille cité provinciale. Son
fils, marié à une Espagnole, de tempérament moins
calme que le sien, était revenu seul à Poitiers. Il habitait dans l'immeuble qui fait face à celui de sa mère.
Un troisième personnage appartenait à cette famille,
une fille, Mélanie, qu'on avait vue enjouée et rieuse
jusqu'à l'âge de vingt-cinq ans, et qui, brusquement,
avait disparu. Maladie mentale, disait-on. Mme Bastian
de Chartreux l'avait internée, dès l'abord, dans une
maison de santé, puis, par dévouement, par charité
chrétienne, elle la reprenait et la soignait, toute d'abné-
gation, avec le concours d'une vieille bonne, par-delà
les volets clos de la maison douloureuse dont personne
ne franchissait plus le seuil. Même, la vieille bonne,
Mme Renard, restée quarante ans chez ses patrons,
avait obtenu, il y a six ans, sur la demande de M. Pierre Bastian qui, lui aussi, respectueux de son demi-sang
bleu, se faisait appeler de Chartreux, une médaille de
la Société de l'Encouragement au Bien. Ce fut un prix
de vertu qui honora, à la fois, la vieille domestique et
ses très vertueux maîtres. Mais la vertueuse Mme Renard mourut, et de nouvelles servantes entrèrent dans
la maison, cette étrange maison dont certaine fenêtre
était cadenassée dans ses volets, à l'extérieur, et qui,
parfois, laissait passer des cris étouffés et lointains. Or,

une des bonnes, dans cette sévère demeure, ne dédaignait point de recevoir, la nuit étant venue, un soldat vigoureux, ordonnance d'un lieutenant de la garnison. Ce guerrier, plus apte à manier le plumeau et la brosse à reluire que la baïonnette et le fusil, n'avait pas la discrétion de Mme Renard, et n'ignorait point que les lettres anonymes compromettent peu leurs auteurs. Il en écrivit une. Et par là, le Parquet, servi à Poitiers par une police peu curieuse, apprit : 1° que Mlle Mélanie Bastian n'était point folle; 2° qu'elle était tenue en état de réclusion depuis vingt-quatre années, dans une chambre sordide — la chambre plaintive aux volets cadenassés — dont elle ne sortait jamais et où elle vivait parmi les ordures, la vermine, les vers et les rats, dans l'obscurité la plus complète et presque sans nourriture. Tardivement, ces messieurs de la Magistrature, qui respectaient fort la bien pensante famille Bastian — comme tout le monde la respectait, d'ailleurs — durent prendre de l'émoi. Ils intervinrent, forcèrent la porte et trouvèrent, étendue dans un galetas indéfinissable, la malheureuse créature.

« Les raisons?... Voici ce qu'on raconte à Poitiers : Mlle Mélanie Bastian, vers sa vingt-cinquième année, aima et se donna. On pense qu'un enfant fut le fruit de ses amours. On croit encore que cet enfant fut supprimé. Et pour punir la pauvre fille de ce que le monde appelle une faute, et surtout pour qu'elle ne parle pas, la pure, l'honorable, l'excellente Mme Bastian de Chartreux enferma, pour jamais, aidée en cela par le silence de son digne fils, la pauvre Mélanie dans le taudis où elle refusa de mourir et où l'on vient de la découvrir, après vingt-quatre ans.

« C'est un drame effroyable, un drame de préjugés, de respectabilité, de vertu exaspérée — une vertu basée sur la convention hideuse — mais ce qui est plus abominable encore, c'est la lâcheté des témoins qui se lèvent en masse aujourd'hui et qui, pendant un quart de siècle, tant qu'il pouvait sembler moins anodin de parler, se sont férocement tus.

« La discrétion, il est vrai, est encore une vertu, et cette vertu-là, exaspérée et lâche, elle aussi, fut, vingt-quatre années durant, la complice criminelle de la cruelle vertu de Mme veuve Bastian de Chartreux et de son fils, le sous-préfet bien pensant. »

L'on peut voir, dans le ton même de cet article, un reflet de l'indignation qui souleva tout aussitôt l'opinion publique à cette époque. Comment cette affaire, en apparence si monstrueuse, où la culpabilité de Mme Bastian et de son fils semblait d'abord si évidente, put-elle aboutir à un acquittement des inculpés ? C'est ce que l'on comprendra sans doute en lisant tout ce qui va suivre.

CHAPITRE PREMIER

Le 22 mai 1901, le Procureur Général de Poitiers recevait donc une lettre anonyme, datée du 19 mai, ainsi conçue :

Monsieur le Procureur général,

J'ai l'honneur de vous dénoncer un fait d'une exceptionnelle gravité. Il s'agit d'une demoiselle qui est enfermée chez Mme Bastian, privée d'une partie de nourriture, vivant sur un grabat infect, depuis vingt-cinq ans, en un mot dans sa pourriture.

Au reçu de cette lettre anonyme, le Commissaire Central de police de Poitiers, sur l'ordre, et avec les instructions du Procureur, se rendit, 21, rue de la Visitation, le 23 mai, à deux heures et demie.

Une des deux bonnes, que Mme Bastian employait à son service, la fille Dupuy, répondit à un coup de sonnette :

— Mme Bastian?

— Madame ne reçoit pas, elle est alitée.

— Veuillez, s'il vous plaît, dire à Mme veuve Bastian que je suis le Commissaire Central et que je désire absolument lui parler.

La servante monta alors au premier étage, elle revenait quelques instants plus tard, disant :

— Monsieur, Madame vous prie de vous adresser à son fils qui demeure en face.

M. le Commissaire Central vint alors frapper à la porte de M. Pierre Bastian. Mais on lui répondit tout d'abord que M. Bastian était également indisposé.

— C'est bien bizarre, reprit M. le Commissaire Central, que tout le monde soit indisposé dans ces deux maisons. Dites à votre maître que je suis le Commissaire Central, et que j'ai une communication importante à lui faire.

M. le Commissaire Central fut reçu par M. Pierre Bastian. Il lui dit :

— Une lettre anonyme dénonce Mme votre mère comme ayant séquestré votre sœur Mélanie, qui serait depuis vingt-cinq ans, au lit, au milieu d'une pourriture infecte; cette lettre ajoute que la fenêtre de la chambre est cadenassée. En effet, en arrivant auprès de la demeure, je viens d'apercevoir, au second étage, une fenêtre dont les persiennes sont closes. Voudriez-vous me mettre en présence de votre sœur?

— Qui êtes-vous donc? interrogea M. Bastian.

— Je suis le Commissaire Central, votre bonne a dû vous le dire.

— Ce que l'on vous a raconté, reprit M. Bastian, est

une affreuse calomnie. Je suis tout à fait étranger à cette histoire; du reste, ma mère et ma sœur habitent ensemble dans une maison autre que la mienne. Respectueux des volontés de ma mère, qui entend être maîtresse chez elle, je ne me mêle en rien à ses affaires.

— Quoi qu'il en soit, interrompit M. le Commissaire Central, je tiens à me rendre compte moi-même *de visu.* La meilleure façon de vous justifier, monsieur, c'est de me laisser voir votre sœur, de lui parler.

— Je ne puis vous la laisser voir, sans avoir préalablement appelé le docteur. Celui-ci seul saura dire si vous pouvez pénétrer sans inconvénient dans sa chambre. Ma sœur est atteinte, depuis une dizaine d'années, d'une fièvre pernicieuse et ne doit recevoir personne.

Répondant aux questions du Commissaire, M. Pierre Bastian fit connaître son âge : cinquante-trois ans, et ses qualités : docteur en droit et ancien sous-préfet. L'âge de sa sœur Mélanie : cinquante-deux ans. Mme Bastian n'avait pas d'autres enfants. Pierre Bastian dit au surplus que sa sœur n'était nullement abandonnée; il l'allait voir lui-même plusieurs fois par jour. Il protesta contre la dénonciation dont sa mère était l'objet et dit qu'il en référerait au Procureur de la République.

Le Commissaire lui fit alors observer que le meilleur moyen de réduire la calomnie était de l'introduire sans plus tarder dans la chambre de Mlle Bastian. Il avait pu observer du dehors que les volets d'une chambre du deuxième étaient maintenus fermés par une chaîne,

ce qui donnait quelque vraisemblance aux dénoncia-
tions de la lettre anonyme.

Pierre Bastian se montra prêt à consentir; mais il
devait préalablement obtenir l'autorisation de sa mère
qui décidait de tout dans la maison.

Accompagné du Commissaire, il se rendit donc
auprès d'elle. Mme Bastian hésita longtemps, puis, sur
l'insistance du Commissaire, finit par acquiescer.

« M. Pierre Bastian — dit le Commissaire — nous
conduisit au deuxième étage dans une chambre éclairée
par une seule fenêtre donnant sur la cour. Nous nous
trouvons alors dans une demi-obscurité et dans un air
vicié, au point de nous obliger à sortir immédiatement
de cette pièce, non sans avoir constaté pourtant que les
persiennes de cette fenêtre sont fermées et reliées par
une chaîne munie d'un cadenas, que la fenêtre est elle-
même hermétiquement fermée et garnie de bourrelets
à tous les joints.

« Nous pénétrons à nouveau dans la pièce, et cherchons à ouvrir la fenêtre pour donner de l'air, mais
nous en sommes empêchés par M. Bastian, qui nous dit
que cela contrarierait sa sœur.

« Nous constatons aussi que sa malheureuse sœur,
que l'on ne peut apercevoir, est couchée sur un mauvais grabat et recouverte d'une couverture — le tout
d'une saleté repoussante; que sur ce même grabat cou-
rent des insectes et de la vermine prenant leur nourriture dans les déjections, sur le lit de cette malheureuse.
Nous cherchons à découvrir son visage, mais elle se
cramponne à sa couverture qui l'enveloppe entière-

ment, en poussant des cris aigus, comme une sauvage.

« Ne pouvant plus tenir dans la pièce, qui est elle-même d'une malpropreté repoussante, nous nous retirons et interrogeons les deux bonnes... »

Ce même jour, à cinq heures, M. le Juge d'instruction Du Fresnel vint à son tour visiter la chambre. Après les premières constatations, qui concordent avec celles du Commissaire, il ajoute :

« Nous donnons immédiatement l'ordre d'ouvrir la croisée. Cette opération s'effectue très difficilement, de vieux rideaux de couleur sombre tombent en dégageant une poussière considérable. Pour ouvrir les persiennes, il faut les enlever de leurs gonds de droite.

« Dès que le jour est entré dans la chambre, nous apercevons dans le fond, étendue sur un lit, le corps et la tête recouverts d'une couverture d'une saleté repoussante, une femme que Pierre Bastian nous dit être Mlle Mélanie Bastian, sa sœur... La malheureuse est couchée toute nue sur une paillasse pourrie. Tout autour d'elle s'est formée une sorte de croûte faite d'excréments, de débris de viande, de légumes, de poisson et de pain en putréfaction. Nous voyons aussi des coquilles d'huîtres, des bêtes courant sur le lit de Mlle Bastian. Cette dernière est couverte de vermine. Nous lui parlons; elle pousse des cris, elle se cramponne à son lit, tout en cherchant à couvrir davantage sa figure. La maigreur de Mlle Bastian est effrayante; sa chevelure forme une natte épaisse qui n'a point été peignée et démêlée depuis longtemps.

« L'air est tellement irrespirable, l'odeur qui se dégage de l'appartement est tellement fétide qu'il nous est impossible de rester plus longtemps pour procéder à d'autres constatations. »

M. le Juge d'instruction décida d'envoyer aussitôt Mlle Mélanie Bastian à l'hôpital de l'Hôtel-Dieu. Comme elle ne possédait ni linge de corps, ni effets d'habillement, il la fit ficeler dans une couverture, puis ordonna que l'on désinfectât la chambre, dans la mesure du possible. A six heures, des scellés furent mis sur la porte.

« Avant de quitter la maison, ajoute le Juge d'Instruction, nous procédons à la visite des pièces qui sont habitées. La salle à manger est convenablement meublée, la cuisine est bien tenue, l'escalier est propre. La chambre de la dame veuve Monnier est en désordre, mais nous constatons qu'elle n'est point sale; le mobilier est en bon état, le lit est confortable, les couches, les draps et les couvertures sont très propres. Mme Bastian mère, qui est âgée de soixante-quinze ans, est vêtue d'une robe de chambre à petits carreaux noirs et blancs; elle est coiffée d'un bonnet blanc tuyauté. Le tout est soigné; elle est bien peignée; elle présente en un mot l'aspect d'une femme qui ne néglige pas les soins de sa propreté intime. »

M. le Juge d'instruction retourna le lendemain, à trois heures, dans la chambre à peu près désinfectée, pour procéder, malgré l'odeur encore très forte, à des constatations, que la puanteur de la pièce ne lui avait pas permis de faire le premier jour :

La chambre mesure 5 m 40 sur 3 m 40, la fenêtre 1 m 60 sur 0 m 98. Le mobilier comprend :

1° à droite près de la porte, une commode sans tiroir;

2° deux étagères de bois blanc, disposées à droite et à gauche de la cheminée en marbre noir; sur celle de droite se trouvent quatre bouteilles vides, trois boîtes de conserve, un jeu de loto et deux écrous; sur celle de gauche, fermée par une toile à matelas en lambeaux, aucun objet, mais les coins sont garnis d'épaisses toiles d'araignées; sur la cheminée, une statuette de la Vierge;

3° un lit en fer devant la commode : les draps et les couvertures sont propres, c'est là que couche une des deux domestiques;

4° devant l'étagère de gauche, un bois de petit lit couvert d'une paillasse et de vieilles guenilles souillées;

5° une monture de canapé sur laquelle se trouvent des chiffons et des loques remplis de vermine;

6° six chaises de paille, dont quatre en assez bon état;

7° enfin, le lit en bois de Mlle Bastian, contenant une paillasse pourrie, un drap plié en quatre pour recevoir les excréments, un vieil oreiller, placé entre ce drap et la paillasse, une couverture d'une effroyable saleté. Le lit est recouvert d'une espèce de pâte formée d'excréments, de débris de viande, de légumes, de pain en putréfaction. Au pied du lit, un carré de linoléum extrêmement sale. Le plancher est rongé. Près du mur,

un trou de 32 centimètres de long sur 5 centimètres de
large, un autre trou à hauteur du lit, permettant la
circulation des rats. Entre le lit et l'étagère de gauche,
une petite caisse remplie de vieux livres, est recouverte,
ainsi que tout le reste, d'une épaisse couche de poussière. La tapisserie a presque disparu. Les murs ont été
autrefois tapissés d'un papier gris-bleu à carreaux mar-
ron et bleu foncé; ils sont actuellement à peu près dé-
garnis. De nombreuses inscriptions restent assez difficilement déchiffrables. On parvient pourtant à lire
l'une d'elles :

*« Faire de la beauté, rien de l'amour et de la liberté.
solitude toujours. Il faut vivre et mourir au cachot
toute la vie. »*

Le 25 mai, à neuf heures du matin, le Commissaire
procéda à la saisie des objets ci-désignés :

« Une couette, en partie pourrie; un oreiller pourri
adhérent à celle-ci, ainsi que diverses autres parties de
guenilles soudées entre elles par les déjections, débris
d'aliments de toute espèce, mélangés à une grande
quantité d'insectes (on nous enveloppe le tout dans un
drap blanc prêté par la famille); une couverture blanche à raies rouges; une couverture jaune qui recouvrait
la séquestrée; un oreiller; une couverture à raies
bleues; une guenille fraîchement lavée; un couvre-
pieds fond blanc à fleurs bleues; une autre vieille couverture à raies rouges; une toile à matelas placée en
double à la fenêtre et servant de rideaux; un morceau
de couverture à raies vertes; une vieille guenille ayant

servi à mettre sous la demoiselle Bastian; un linge blanc souillé de matières fécales; un drap de lit plié en huit et sur lequel reposait en partie le corps de la victime; — un journal contenant des résidus d'aliments — journal fourni par nous — divers autres débris d'aliments qu'on enveloppe dans un papier et qui, comme les derniers, sont tombés du lit au moment de l'opération de saisie; ces susdits objets sont placés dans une caisse.

« Une paillasse en partie pourrie, que l'on enveloppe dans une toile d'emballage; une couchette que l'on divise en cinq colis; deux persiennes reliées par une chaîne qui est retenue au moyen d'un cadenas; une malle dans laquelle nous déposons trente-sept volumes trouvés sur les rayons de sa chambre; un cabas d'écolier contenant des cahiers et une grande quantité de notes écrites au crayon (?); dans la même malle, nous déposons aussi un cadenas fermé à un bout de chaîne, deux statuettes de la Sainte Vierge, une tête de poupée, un chapelet, une pièce de dix centimes et cinq bouts de crayons trouvés sur et sous son grabat.

« Une porte de la chambre de la victime, récemment réparée; le cadre de la susdite porte; un bocal contenant les insectes représentant environ de 5 à 10 % de ceux trouvés sur le lit de Mélanie Bastian [1];

1. Les journaux insistèrent à l'envi sur la diversité, l'énormité et la hideur des vers qui grouillaient sur la couche de Mélanie Bastian. On eût pu croire qu'il s'agissait là d'une surprenante faune inconnue. En réalité, M. Léger, professeur à l'Ecole de Médecine de Poitiers,

une couverture blanche; un papier de la tapisserie du couloir portant ces mots : « *des les enfants il y en a qui sont bien plus préférés* », etc., etc., et enfin une natte de cheveux appartenant à Mélanie Bastian pesant 2 kilos 70; ces cheveux lui ont été coupés à son arrivée à l'Hôtel-Dieu. »

Si longue que puisse paraître cette énumération, nous n'avons pas craint de la rapporter tout entière, regrettant qu'elle ne fût pas plus complète encore; nous aurions aimé connaître, par exemple, les titres des trente-sept volumes saisis, et la nature de ces « notes écrites au crayon » signalées dans ce rapport. Nous avons pu juger récemment de l'éloquence particulière des objets, dans le récit du général Diteriks au sujet de la saisie effectuée dans la petite pièce de la maison Ipatieff à Ekaterimbourg [1].

Tous ces objets sont des témoins et leur déposition nous instruit autant, et plus ingénument, que celle des témoins vivants que nous allons bientôt entendre.

Mais nous écouterons d'abord les accusés.

directeur du Laboratoire de bactériologie, put reconnaître immédiatement que les larves recueillies dans le bocal de formol appartenaient uniquement à deux espèces :

1° Les plus longs, ayant l'apparence de v°rs jaunes : larves du *ténébreon* (insecte coléoptère), larve connue plus communément sous le nom de « vers de farine ».

2° Larve ou dermeste du lard, autre insecte coléoptère qui vit habituellement dans les offices où il se nourrit de débris culinaires de toutes sortes.

1. Comte Kokovtzoff : La vérité sur la tragédie d'Ekaterimbourg. *Revue des Deux Mondes,* 1er octobre 1929.

CHAPITRE II

Mme Bastian et son fils furent arrêtés le 24 mai, après midi. Nous présenterons plus loin tous les renseignements que nous avons pu obtenir sur ces deux déconcertantes figures. Ecoutons d'abord Pierre Bastian à l'interrogatoire du Président (audience du 8 octobre 1901. Voir *Journal de l'Ouest* du 10 octobre).

D. : Dès 1875, le docteur Guérineau constatait que votre sœur Mélanie était incapable de se conduire. Sa chambre était sale, votre sœur vêtue de façon malpropre. Elle était soignée par la femme Fazy, qui mourut en 1896.

R. : C'est exact.

D. : L'état de votre sœur s'aggravant, votre mère fit fermer les portes. Après la mort de la femme Fazy, nous assistons à un défilé de bonnes, qui ne consentent pas à rester en semblable milieu. Votre sœur ne sort plus de sa chambre; elle réclame sa liberté; elle appelle, jusqu'au moment où la police la trouve, en mai 1901.

R. : Tout cela est vrai.

D. : Le Commissaire Central arrive; vous avez fait des difficultés pour le laisser pénétrer dans la chambre de votre sœur.

R. : Non; mais j'ai voulu avoir l'autorisation de ma mère; aucune objection de ma part.

D. : Pourtant, vous avez dit que votre sœur était atteinte de fièvre pernicieuse. Vous avez invoqué votre situation sociale, vos titres anciens.

R. : Jamais il n'a été dans ma pensée d'empêcher d'entrer M. le Commissaire Central.

. . . .

M. le Président donne lecture du procès-verbal de constat.

D. : N'êtes-vous pas impressionné?

R. : Je suis épouvanté; mais jamais je n'ai vu que l'extérieur. Sachant Mélanie toute nue, jamais je ne l'ai regardée, par un sentiment de pudeur. Jamais je n'ai vu que sa chevelure.

D. : Alors cet état de choses est tout nouveau pour vous?

R. : Je ne me le figurais pas. J'étais loin de le penser.

D. : Votre sœur, transportée à l'Hôtel-Dieu, manifesta le plaisir d'être nettoyée, de respirer un air pur. Elle s'écria : « Comme c'est beau [1]. »

R. : Tout le temps qu'elle est restée chez sa mère,

1. Ce que M. le Président ne dit pas, c'est que Mélanie Bastian, lorsqu'on vint pour l'emporter à l'hôpital, s'écriait aussi : « Tout ce que vous voudrez, mais ne m'enlevez pas de ma chère petite grotte. »

Mélanie a eu en grande aversion la lumière. Elle ne pouvait pas la supporter; c'était conforme à ses instincts.

D. : Vous n'aviez qu'à faire acte de volonté.

R. : Ma mère était maîtresse chez elle.

D. : A l'Hôtel-Dieu, on a constaté que votre sœur était très pudique, très sage. Pourquoi donc, alors, ces mesures de protection?

R. : Ces mesures remontent fort loin. C'est feu mon père qui les a prises.

D. : J'ai vu dans le dossier qu'on ne voulait rien faire contre son gré. (De Mélanie ou de Mme Bastian mère? la phrase reste ambiguë.)

R. : Oui; pour éviter des scènes terribles.

D. : Vous ne deviez pas oublier que vous aviez affaire à une folle; raison de plus pour lui imposer des soins, qu'elle a, du reste, agréés avec plaisir à l'Hôtel-Dieu.

R. : J'avais confiance dans les domestiques.

D. : Votre sœur était bien nourrie, si on peut dire cela d'une personne à laquelle on offre quelque chose, sans chercher à savoir si elle le mangeait.

R. : C'était là le devoir des bonnes.

D. : Vous alliez voir parfois votre sœur?

R. : Oui; je cherchais parfois à la distraire [1], mais la conversation était difficile.

D. : Dans ses moments de lucidité, que disait-elle?

---

1. Un autre interrogatoire nous dira que Pierre Bastian allait passer chaque jour, près de sa sœur, un assez long temps.

R. : Je ne puis répondre que ceci : souvent j'ai demandé à ma mère de mettre ma sœur dans une maison de santé. Auprès de la fenêtre, je lisais le *Journal de la Vienne*. Jamais je n'ai été incommodé par l'odeur.

(Nous reviendrons plus tard sur cette dernière affirmation. Suivent plusieurs demandes et réponses où Pierre Bastian répète qu'il ne s'est jamais rendu compte de l'état affreux d'abandon où était laissée sa sœur.)

D. : Vous avez proposé, à votre mère, disiez-vous, de mettre votre sœur dans une maison de santé. Pourquoi n'avez-vous pas agi?

R. : J'ai tellement insisté que ma mère m'a mis à la porte.

D. : Quels étaient vos rapports avec votre mère?

R. : J'avais pour elle un grand respect filial. Mais, entre nous, il y a toujours eu conflit. Soit au point de vue des intérêts, soit quand il s'agissait de ma sœur.

D. : Vous vous inclinez devant votre mère; mais n'y avait-il pas des questions délicates?

R. : J'ai le cœur trop haut placé pour m'abaisser à des bassesses.

A une question du Président, Pierre Bastian dit qu'il n'a ni bon odorat ni bonne vue. Dans la rue, il ne reconnaît même pas ses amis.

D. : Cependant, vous écrivez. Vous faites de la peinture d'après nature.

R. : Dans mes aquarelles, il y a une grande différence entre mes tableaux et l'original.

D. : On vous reproche de n'avoir rien tenté pour mettre un terme à la situation de votre sœur. Vous avez voulu qu'elle continuât à gémir sur un immonde fumier.

R. : Jamais je n'ai eu pour ma sœur que des sentiments d'affection et de dévouement.

C'est sur cette phrase que prit fin l'interrogatoire.

En plus de la saisie opérée dans la chambre de Mélanie Bastian, le Juge d'instruction prit dans le cabinet de travail de M. Bastian, et déposa au Greffe du Tribunal, comme pièces à conviction :

1° Un cahier cartonné portant les suscriptions suivantes : « Secours aux blessés militaires — comité central de Paris — liste des anciens soldats blessés ayant sollicité un secours de la société de la Croix-Rouge, domiciliés à Poitiers ou dans le département de la Vienne »;

2° Une liasse de documents enfermés dans une chemise verte portant la suscription : « Société Saint-Vincent-de-Paul »;

3° Cinquante-six aquarelles faites par M. Bastian, renfermées dans une chemise verte;

4° Cinquante-quatre dessins au crayon ou aquarelles faits par M. Bastian et renfermés dans une chemise verte;

5° Un projet d'article nécrologique concernant M. le comte de T...;

6° Les notes de la conférence faite par M. Pierre Bastian le 16 mai 1896 sur : l'assistance aux soldats blessés avant la convention de Genève et pendant la guerre de 1870;

7° Une feuille de papier écolier qui se trouvait sur

le bureau de M. Bastian et sur laquelle on lisait :

« Nous tenons à donner à nos lecteurs des renseignements précis qui établissent sous son véritable jour
l'affaire qui a jeté dans notre ville une si vive émotion
en mettant en question la responsabilité d'un de nos
plus sympathiques concitoyens. » Ce commencement
d'article est de la même écriture que celle de tous
les documents saisis.

Interrogé une autre fois, Pierre Bastian dit encore :

« Les inscriptions qu'on a relevées, tracées sur le
mur de la chambre que ma sœur occupait avant
1882 (?)... ces inscriptions, où il est surtout question du
Sacré-Cœur de Jésus et de Marie, n'ont aucune importance. Je reconnais cependant qu'elles indiquaient
dans l'esprit de ma sœur des pensées religieuses que
j'attribue à des hallucinations. Je dois dire que jamais
ma sœur ne m'a fait connaître son désir d'entrer en
religion. »

Et à propos d'autres inscriptions, tracées par Mélanie
Bastian sur les murs de l'autre chambre qu'elle occupa
après 1882 (date de la mort de M. Bastian père), inscriptions relatives à la *liberté ravie* et à *la solitude,* une
phrase en particulier : « *Il faut vivre et mourir au
cachot toute la vie* », Pierre Bastian répond :

— Ce sont des phénomènes psychologiques que je
ne cherche pas à expliquer; du reste, j'attachais si peu
d'importance aux inscriptions qui étaient sur les murs,
que je ne les ai même pas lues.

D. : Il résulte de la déposition de plusieurs témoins
que votre sœur faisait souvent entendre des cris et des

appels au milieu desquels étaient distinctement perçus les mots de « police, justice, liberté » et de « prison ». M. Jacob a, le 16 août 1892, entendu les paroles suivantes : « Qu'ai-je fait pour être enfermée; je ne mérite pas ce supplice horrible. Dieu n'existe donc pas, qu'il laisse souffrir ses créatures ainsi? Et personne pour venir à mon secours! »

R. : Tous ces cris n'ont aucune signification; dans la bouche de ma sœur, ces paroles n'ont aucune valeur; elle ne les prononçait que dans les moments de crise et de démence. Devant moi elle n'a jamais appelé au secours ou réclamé sa liberté. J'ai simplement constaté qu'elle employait des expressions très ordurières, notamment le mot « m... » au milieu de ses fureurs; elle paraissait s'adresser à un être imaginaire; il était impossible de lui faire entendre raison; plus on lui parlait et plus elle s'emportait.

D. : Comment expliquez-vous que ces surexcitations et ces fureurs aient tout à coup cessé, dès l'admission de votre sœur à l'Hôtel-Dieu, pour faire place à une douceur qui ne s'est pas démentie un instant?

R. : Il est probable que la grande émotion qu'elle a traversée aura provoqué dans sa folie une crise salutaire.

On demande à Pierre Bastian comment il se fait que Mme Pierre Bastian n'ait jamais revu sa belle-sœur depuis l'époque de son mariage (1874). « Et comment se fait-il que votre fille n'ait jamais vu sa tante? »

R. : Une raison d'ordre moral a déterminé ma mère à empêcher sa belle-fille et sa petite-fille de voir ma sœur. Cette dernière employait des mots très orduriers. J'ai partagé, dans une certaine mesure, le sentiment de ma mère et je n'ai pas insisté.

Interrogée à son tour, Marie-Dolorès Bastian, fille de Pierre Bastian, dit : « Deux fois par semaine j'allais chez ma grand-mère, le jeudi et le dimanche, vers trois heures; souvent je n'étais pas reçue; quand j'étais admise auprès d'elle, la conversation languissait vite, elle m'entretenait uniquement des difficultés qu'elle avait avec ses domestiques et de ses maladies; n'étant pas habituée à recevoir d'elle des caresses, j'étais paralysée en sa présence et je ne disais pas grand-chose : l'entretien durait environ une demi-heure et je partais après avoir demandé, quand j'y songeais, des nouvelles de ma tante Mélanie. Ma grand-mère me répondait toujours : " Elle va bien. " »

Ecoutons à présent Mme Bastian mère.

« Jamais je n'ai songé à séquestrer ma fille, que j'aimais tant. Elle a toujours été libre de circuler dans la maison; mais je dois dire que depuis vingt-cinq ans elle s'est volontairement enfermée dans sa chambre; je peux même ajouter : dans son lit, car je crois que depuis 1876, peut-être même avant, elle s'est obstinée à rester dans son lit, malgré mes efforts et ceux de mon mari pour lui faire prendre l'air.

« ... Elle a toujours été d'une santé très délicate... Malgré cela, elle a pu faire ses études. Elle aimait le travail et surtout la lecture.

« ... Jeune fille, elle a peu fréquenté le monde...

Elle aimait surtout à fréquenter les églises, et je pensais qu'elle avait la vocation de religieuse.

« Il n'a jamais été question pour elle d'aucun projet de mariage. Je suis au surplus convaincue qu'elle n'aurait jamais voulu se marier.

« En 1872, je crois, ma fille a été atteinte d'une fièvre pernicieuse très grave et qui a mis ses jours en danger. Depuis lors, elle n'a plus voulu voir personne. Cependant elle est allée à Mont-de-Marsan, au mariage de son frère qu'elle aimait beaucoup. Peu après son retour à Poitiers, elle est restée constamment enfermée dans sa chambre; elle a refusé de mettre des vêtements, sous prétexte qu'elle n'avait pas la force de les porter, tant elle était faible. Elle mangeait très peu, et était déjà extrêmement maigre.

« Elle n'était point folle, mais elle avait des allures très étranges. Elle ne voulait pas coucher dans des draps; elle refusait de porter une chemise... Elle n'était heureuse que lorsqu'elle était entièrement recouverte d'une couverture...

« Il y a déjà plusieurs années que le médecin ne vient pas la voir, car elle n'était pas malade. »

Quand on lui décrit l'état où on a trouvé sa fille, elle répond que depuis trois mois, souffrante, elle n'allait plus la voir. Auparavant, elle montait deux fois par jour; elle avait vu toute la saleté, mais Mélanie ne voulait pas qu'on la touchât.

D. : Les domestiques vous ont souvent demandé de faire changer les couches et de laisser nettoyer votre fille. Vous avez toujours refusé.

R. : Ce sont des menteuses. Ce sont deux drôlesses.

.   .   .   .

R. : Si j'ai commis une faute, ce n'était pas dans l'intention de faire mourir ma fille. Je me suis toujours sacrifiée pour elle.

Mme Bastian entra dans la prison le 24 mai 1901, vers six heures du soir. On la mit immédiatement à l'infirmerie.

Elle paraissait très souffrante; pourtant, gardait quelque appétit et ne se plaignait pas trop. Le 6 juin son état commença d'empirer. Elle protestait de son innocence, demandait qu'on la laissât partir, arguant que son fils avait déjà quitté la prison, et, à plusieurs reprises, malgré sa faiblesse et son état de prostration, s'occupa de rassembler ses affaires en paquets. La nuit du 7 fut très pénible. A cinq heures du matin, la malade demanda à boire. L'infirmière qui restait auprès d'elle, se rendant compte que la mort était proche, fit prévenir le gardien chef, qui fit appeler l'aumônier et le docteur. Ce dernier arriva pour assister à l'agonie. Il fit de vains efforts pour ranimer Mme Bastian, qui s'éteignit tout doucement, à neuf heures et demie. Quelques minutes avant l'arrivée du docteur, Mme Bastian s'était écriée : « Ah! ma pauvre Mélanie! »

CHAPITRE III

Mélanie Bastian arriva à l'Hôtel-Dieu de Poitiers, le 23 mai 1901, vers sept heures du soir.

J'ai sous les yeux une grande photographie prise aussitôt après son entrée à l'hôpital, photographie que reproduisirent les grands périodiques illustrés de l'époque. On n'imagine rien de plus impressionnant que le regard de cette pauvre fille, et son sourire — car elle sourit, d'un sourire angélique, idyllique, mais comme futé, presque narquois.

Elle est dans un état de saleté épouvantable, nous disent les témoins de l'époque. La face, d'une blancheur de cire, est très émaciée. Le corps, d'une maigreur excessive, recouvert, par places, d'une épaisse couche de crasse. Les ongles des mains et des pieds sont très longs.

Les cheveux forment une masse compacte de plus d'un mètre de longueur, trente centimètres de largeur, et quatre à cinq centimètres d'épaisseur... C'est un feutrage compact, formé par les cheveux mêlés aux matières excrémentielles et aux débris de nourriture.

L'odeur qui se dégageait de cette masse était si épouvantable que les docteurs autorisèrent les personnes présentes à fumer. Cette masse de cheveux était toute du côté gauche, le côté droit de la tête ne présentant que quelques mèches d'un frottement continuel avait réduites et usées par suite de la position que Mélanie Bastian avait conservée pendant tout le temps qu'elle était restée étendue sur son grabat, couchée sur le côté droit, recroquevillée sur elle-même.

Le poids total de Mélanie Bastian à son entrée à l'hôpital était de cinquante et une livres trois cents. L'on s'étonne que la pauvre fille ait pu vivre tant d'années dans un dénuement si sordide, dans une obscure atmosphère, si empestée qu'elle fait reculer chacun. Son état de faiblesse, à son entrée à l'hôpital, était tel que l'aumônier, craignant un accident mortel immédiat, crut devoir lui administrer aussitôt le sacrement de l'Extrême-Onction. Mais, dès le lendemain, Mélanie Bastian commença d'aller sensiblement mieux. Elle accepta volontiers la nourriture qu'on lui apportait. Ses organes furent reconnus parfaitement sains par les médecins appelés en consultation.

Mélanie Bastian répond assez bien à quelques questions précises et simples; elle reconnaît les fleurs qu'on lui présente, se rappelle quelques souvenirs de jeunesse, et en particulier une propriété que possède sa famille à Migné. Mais bien souvent elle refuse de répondre et envoie promener les personnes qui lui adressent la parole, en prononçant des gros mots et des injures... Si même on insiste pour obtenir d'elle une réponse,

elle entre rapidement en colère et passe de son immo-
bilité habituelle à un état d'agitation violente. Sa faiblesse générale l'empêche cependant de se livrer à
des actes, et elle se contente de marmotter, en se
cachant la figure dans son oreiller, des mots inintelligibles et des phrases sans aucun sens discernable,
entremêlées de nombreux jurons.

Une idée fixe revient presque toujours quand elle
est contrariée : elle veut retourner dans son ancienne
demeure qu'elle désigne par une phrase inintelligible :
« sa chère bonne fond moulin en piâtre ».

Déjà, lorsqu'on était venu la chercher, rue de la
Visitation, pour l'enlever à son taudis, elle se cram-
ponnait à sa paillasse et à sa puante couverture, sup-
pliant qu'on la laissât vivre tranquillement dans sa
chère petite grotte.

« ... Jamais — disent les rapports — elle ne pose la
moindre question sur aucun sujet... et ne parle jamais
des personnes qu'elle avait l'habitude de voir dans sa
maison... La plupart du temps, elle ne consent à
répondre qu'à celles qui lui donnent des soins journaliers et lui apportent à manger.

« Toutes ses réponses sont absolument enfantines.
Elle reconnaît la plupart des objets qu'on lui présente,
crayons, roses, verres, aliments, et les appelle toujours
son cher petit crayon, sa chère petite rose, etc. Elle
réclame même souvent son " cher petit torchon " dont
elle se couvrait la tête pendant son séjour dans sa
maison, et qui était rempli de crasse et d'insectes.

« Elle n'a du reste pas la moindre idée des soins de

propreté et satisfait tous ses besoins dans son lit ou dans les vêtements dont elle est revêtue... Cependant elle a commencé, le 18 juin, à accepter de se servir d'un vase pour uriner.

« On a pu lui faire écrire avec un crayon et avec une plume son prénom et quelques mots. L'écriture est assez nette, mais elle fait suivre un mot bien écrit de griffonnages informes.

« L'appétit est excellent. Elle mange gloutonnement les mets qu'on lui présente. Ses repas sont très copieux. » (En fait, les pesées successives indiquèrent une très rapide augmentation du poids, qui passe de 25,500 kg, le 25 mai, à 35,500 kg, le 3 août.)

Ses forces physiques augmentèrent proportionnellement... Mais les facultés intellectuelles furent loin de suivre cette marche progressive. Mélanie, il est vrai, répondait un peu mieux à certaines questions, mais restait toujours indifférente aux choses extérieures, et ne posait jamais de questions...

L'abbé de Mondion, aumônier de l'Hôtel-Dieu, à plusieurs reprises, vint s'entretenir avec elle. Il lui demanda si elle se souvenait de sa première communion. Mélanie Bastian lui répondit affirmativement et même put lui redire les noms des prêtres qui avaient fait son instruction religieuse. Elle se rappelle également le nom des anciens fournisseurs de sa famille, disant qu'elle n'achetait pas de bonbons chez Avenel, le pâtissier, mais chez Pasino, l'Italien. Elle reconnaît et nomme toutes les fleurs qu'on lui présente et dont chaque jour des âmes charitables lui apportent de nombreux bouquets. Rien ne lui fait plus plaisir, ajoute l'abbé, que de voir et de respirer ces fleurs. Elle est ravie d'apercevoir de son lit la campagne, et fait part de sa joie en s'écriant : « Oh! que c'est beau. » Quand les hirondelles passent, elle les reconnaît fort bien et s'écrie : « Oh! voyez donc, les gentilles petites hirondelles. »

Elle se montre extrêmement douce, écoute ce qu'on lui dit, fait tout ce qu'on lui commande, garde sur elle, sans chercher à l'enlever, son linge de corps, de sorte qu'une seule infirmière suffit à la surveiller. Lorsqu'on la laisse seule, ce qui arrive assez souvent, elle ne cause aucun désordre. Mais, lorsque l'abbé lui demande si elle souhaite de revoir son frère et sa mère, Mélanie répond aussitôt : « Oh! qu'on ne les apporte pas là! » Lorsque, une autre fois, l'abbé lui demande si elle se trouvait bien dans sa maison, Mélanie s'écrie : « Ne parlons pas de ça, c'est une maison qui met tout en fuite, tout en fuite. »

Je n'ai pas à faire ressortir l'extraordinaire inconséquence des réponses de Mélanie Bastian. Le lecteur s'en apercevra bien de lui-même. L'effort, inconscient ou non, par lequel nous cherchons, au cours d'un interrogatoire, à réduire ces inconséquences pour mettre un prévenu d'accord avec lui-même, cet effort reste parfaitement vain, et particulièrement dans le cas de Mélanie Bastian qui, tout à la fois, semble se réjouir de l'air pur qu'elle respire enfin, de la propreté de son lit d'hôpital, de tous les soins dont elle est l'objet, et regretter pourtant sa couche sordide et l'obscurité

méphitique de sa « chère petite grotte » dont elle parle
en termes attendris, qui semble devenir dans son esprit
une sorte de lieu mythique qu'elle désigne d'une façon
si bizarre que l'on hésitait d'abord à comprendre de
quoi elle parlait, lorsqu'elle disait et répétait : « Je
voudrais retourner dans *mon cher grand fond Malampia* » — où il semble du reste qu'elle n'ait pas été aussi
maltraitée qu'on avait pu craindre d'abord, car, à
l'hôpital, lorsqu'on lui servait du poulet, elle disait :
« On m'en donnait aussi dans mon cher grand fond
Malampia. »

« J'ai assisté plusieurs fois aux repas de Mlle Bastian, nous dit un interne. Son premier mot, avant de
toucher à ce qu'on lui offre : « C'est-il bien propre. »
Elle mange encore avec ses doigts, *mais avec beaucoup
de délicatesse.* »

Et l'économe de l'Hôtel-Dieu :

« Lorsqu'elle mange une orange, elle sait très bien
garder, dans le creux de la main, les pépins, jusqu'à
ce qu'on l'en débarrasse... »

Il me paraît qu'elle cherchait, au moins inconsciem-
ment, à se mettre d'accord avec les personnes qui la
venaient voir et l'interroger, ou cédait à une sorte
d'instinctive sympathie. C'est ce qui permit à sœur
Saint-Wilfred, religieuse à l'Hôtel-Dieu, de dire que,
loin d'avoir horreur de la propreté, Mélanie prenait
plaisir à être nettoyée, à coucher dans des draps bien
blancs, et à avoir sur elle une chemise. Elle ne dit
rien pendant qu'on lui coupait les cheveux, opération
que le feutrage de la chevelure rendait particulière-

ment difficile. Elle eut plaisir, sitôt après, à se laisser nettoyer la tête avec une eau spéciale parfumée.

« Loin d'aimer les mauvaises odeurs, dit la sœur Saint-Wilfred, elle se réjouit du parfum des fleurs et de l'eau de Cologne que l'on répand sur tout son corps et sur sa couche. Quand on lui donne une matinée rose, elle manifeste une grande joie. En général, tout ce qui est très clair lui fait plaisir; elle déteste au contraire tout ce qui est de couleur sombre. C'est ainsi qu'elle ne veut pas prendre les lettres bordées de noir, et refuse de garder une bague qu'un interne s'amuse à lui passer au doigt, parce que cette bague porte en chaton une pierre noire. Elle a été très heureuse de se revêtir de la matinée. Elle a accepté facilement des mules. Il a fallu insister pour lui mettre des bas; mais j'ajoute que la difficulté a été facilement vaincue. Une fois habillée, elle s'est regardée avec satisfaction et a contemplé surtout les rangs de passementerie qui garnissent le peignoir. Sa joie était grande. Elle a dit : « C'est trop beau pour cette maison. Ce serait bien mieux pour aller dans cette chère bonne maison de grand fond Malampia. »

L'excellente sœur ajoute ici : « Sans doute Mélanie Bastian faisait-elle allusion à une propriété de famille, car elle nous parle souvent de Migné. » Mais nous croyons que Mélanie désignait par ces mots, nous l'avons dit, sa chambre sordide, ou, du moins, l'extraordinaire transposition qui s'était faite de cette chambre dans son esprit.

« Une fois installée dans le fauteuil, près de la fenêtre, continue la sœur Saint-Wilfred, Mélanie a regardé la campagne, en disant comme les jours précédents : " Comme c'est beau " ; elle signale à la garde et à moi le passage des hirondelles, en nous les nommant... Elle considère avec tant d'attention et pendant si longtemps avec le même plaisir visible les images et les fleurs qu'on lui apporte, qu'il semblait bien que Mlle Bastian ait été privée depuis longtemps de pareils spectacles.

« Le lit occupé par Mlle Bastian était placé en face de la fenêtre. Dès l'arrivée de Mlle Bastian, la croisée est restée grande ouverte, la lumière et l'air pénétrant donc largement dans la pièce. J'ai constaté que, dans les premiers moments, elle voulait cacher sa figure sous la couverture. Il est probable que la grande lumière lui fatiguait les yeux, car dès le lendemain elle n'a plus cherché à cacher entièrement sa figure; elle s'est contentée de relever avec la main gauche le drap jusqu'à hauteur des yeux; elle garde encore cette manie, mais cependant très souvent et surtout lorsqu'elle prend ses repas, la figure est complètement à découvert; pas une seule fois elle n'a demandé (et elle sait très bien réclamer ce qui lui fait plaisir) que la fenêtre ou les contrevents fussent clos. »

Habituée depuis longtemps à se soulager dans ses draps, on eut quelque mal à lui faire prendre d'autres habitudes, pourtant « depuis la semaine dernière, dit sa garde Amélie Raymond, le 22 juin, Mlle Bastian a encore fait des progrès, elle est de plus en plus propre. Pendant le jour, elle me demande le vase, et sait fort bien attendre lorsque je suis occupée ».

L'interne de l'Hôtel-Dieu confirme les dépositions

des témoins, et nous dit encore : « Comme toutes les personnes qui l'ont entendue, j'ai constaté qu'elle parlait souvent patois, et qu'elle employait des expressions très ordurières. Au début, Mlle Bastian paraissait très affaissée, et ses réponses étaient souvent incompréhensibles; elle éprouvait de la difficulté à préciser sa pensée; mais depuis trois ou quatre jours (ceci fut dit le 8 juin) un changement notable s'est produit; elle sait très bien demander ce qu'elle veut pour son repas. Ce matin, elle m'a dit qu'elle voulait manger : " du cher petit poulet, des chers petits brocs (fraises) et un cher petit macaron au chocolat! " J'ai inscrit le menu sur mon carnet et elle l'a très bien lu.

« Je dois vous faire remarquer, si on ne vous l'a déjà dit, que Mlle Bastian a l'habitude de faire précéder chaque mot de " ce cher petit " ou de " cette chère petite "; elle commence à dire un peu moins de gros mots. »

Elle mange avec plaisir les quartiers d'orange que lui donne cet interne de service. Son plaisir est encore plus grand quand une des sœurs qui la veillent d'habitude lui présente un bouquet composé de différentes fleurs. Alors elle regarde longuement, aspire à pleins poumons et, comme le ferait un enfant, embrasse le bouquet et la main qui le porte. Elle dit à ce moment d'une voix un peu rapide : « Oh! comme ce serait beau si l'on avait deux bouquets pareils avec une grotte au milieu et une petite Vierge dans la grotte. Il faudra faire ça une autre fois. »

L'image de la grotte la hante, se rattache en son

esprit au souvenir de sa chambre de la rue de la Visitation et, peut-être, à je ne sais quelle idée mystique.

Mme Bastian mère mourut, nous l'avons dit, dans la nuit du 7 juin. La Supérieure de l'hôpital crut devoir annoncer elle-même ce deuil à Mélanie Bastian :

— J'ai une triste nouvelle à vous apprendre, mademoiselle Mélanie, lui dit-elle : votre mère est morte.

— Je veux me régaler. Je veux me régaler, a simplement répondu la malade, en jetant un regard de convoitise sur son repas (raconte le *Journal de l'Ouest* du 11 juin).

— Cependant, mademoiselle Mélanie, écoutez-moi bien, reprit la Supérieure, avec un ton de douceur infinie : lorsque vous rentrerez chez vous, vous ne trouverez plus votre mère.

— Peu! Peuh! Je veux me régaler! Je veux me régaler!

Et cette réponse fut toujours la même, que l'on parlât à Mlle Mélanie des vêtements de deuil qu'elle devait revêtir, ou qu'on lui exposât le chagrin que son frère Pierre pourrait ressentir.

Le 17 juillet, Mélanie Bastian répond ainsi aux questions qu'on lui pose :

D.   Voulez-vous répondre aux questions que je vais vous poser?

R. : Je ne veux rien répondre du tout.

D. : Avez-vous reçu hier quelques visites?

R. : Quelques dames avec de jolies toilettes que j'ai pu regarder.

D. : Etes-vous allée vous promener dans le jardin et vous sentez-vous la force d'y aller?

R. : Non, je n'y suis pas allée. Je pourrais sortir plus tard me promener dans le petit jardin de cher bon grand fond, et à Migné (c'est à Migné que se trouve le Pilet, propriété de la famille Bastian).

D. : Vous souvenez-vous de Juliette Dupuy et d'Eugénie Tabot?

R. : Je ne sais pas ce qu'elles sont devenues; tant pis pour elles.

D. : Connaissez-vous Carcassonne et Montpellier?

R. : Tout cela c'est beaucoup trop loin.

D. : Vous souvenez-vous de votre chambre à « cher bon grand fond »?

R. : (Mlle Bastian fait entendre des sons inarticulés, il est impossible de comprendre ce qu'elle dit. Elle paraît en colère.)

D. : Votre frère vous lisait-il quelquefois le journal?

R. : Il ne faut pas qu'il vienne ici; il est bien où il est.

D. : Ne voulez-vous pas voir votre frère?

Mlle Bastian répond très en colère : Qu'il reste où il est, il est très bien.

Comme on dicte sa réponse, aux mots : en colère, Mlle Bastian dit : « C'est un péché, on ne doit pas s'y mettre. »

D. : Auriez-vous plaisir à voir Mme Pierre Bastian?

R. : Je ne sais pas ce qu'elle est devenue, qu'elle reste où elle est.

D. : Voudriez-vous voir Mlle Dolorès Bastian, votre nièce?

R. : Je ne sais pas ce qu'elle est devenue. Tant pis pour elle; tant pis pour tout le monde.

D. : Connaissez-vous Marie Fazy?

R. : Je ne sais pas ce qu'elle est devenue.

D. : Ne savez-vous pas qu'elle est morte?

Mlle Bastian prononce un certain nombre de phrases inintelligibles. Elle paraît à ce moment fatiguée.

Au point de vue physique, les progrès continuent à être rapides, mais la raison ne revient pas.

« Elle ne jouit pas de ses facultés; elle tient des propos extravagants et sans suite; nous avons conclu à une faiblesse intellectuelle. C'est une aliénée, il n'y a pas de doute » — déclare le docteur Lagrange, médecin aliéniste à Poitiers. Par contre, M. l'abbé de Mondion, le « très sympathique aumônier de l'hôpital » de Poitiers, proteste contre cette accusation de folie : « Je trouve fâcheux, écrit-il dans le *Journal de l'Ouest* du 5 juin, qu'il se rencontre, dans le parti religieux, des personnes qui voudraient excuser ou innocenter ce crime; j'estime au contraire qu'il faudrait dégager complètement le parti religieux et conservateur de cette affaire. Je voudrais aussi préciser un point : dans le but d'innocenter les coupables, on a dit que Mlle Mélanie était folle, et qu'elle avait la passion de se découvrir. Elle est chez nous depuis neuf jours, et nous avons remarqué qu'elle a la passion de se couvrir. Si l'on s'approche trop près d'elle, elle se retire et ramène à elle les couvertures. Elle a en somme le sentiment de la pudeur... En résumé, on ferait bien mieux de laisser la justice se prononcer, que de chercher à innocenter un crime épouvantable... J'ai dit, et je répète, que ceux qui ont laissé une inconnue, une fille ou une sœur, dans l'état pitoyable où se trouvait Mlle Mélanie en entrant à l'hôpital, sont des criminels, d'autant que la victime est douce, tranquille, et sage. Les fenêtres sont ouvertes et elle n'a jamais donné le moindre signe de folie méchante ou dangereuse... Qu'elle soit dans un état de dépression physique et intellectuelle, c'est ce qui n'a rien d'étonnant, puisqu'elle est restée tant d'années sans air, sans lumière, et presque sans nourriture. »

Nous tâcherons de comprendre un peu mieux ce que furent ces « criminels » : cette mère et ce frère que, d'autre part, l'on nous présentera comme de si honnêtes gens; quels furent les motifs de leur crime?... Ce qui me paraît si particulièrement intéressant dans cette affaire, c'est que le mystère, à mesure que nous en connaissons mieux les circonstances, s'approfondit, quitte les faits, se blottit dans les caractères, aussi bien du reste dans le caractère de la victime que dans le caractère des accusés. Nous tâcherons de jeter sur ces derniers une lumière suffisante, nous aidant de la déposition de nombreux témoins. Mme Bastian et son fils, en vérité, ne se sentirent point coupables, et l'on verra qu'en dernier ressort la justice estima de même qu'ils ne l'étaient pas. Mais, avant de présenter plus intimement Mme Bastian mère et son fils, disons quelques mots de leurs antécédents.

CHAPITRE IV

Dans une importante brochure, — qu'on distribuait à la porte du Palais, le jour de l'audience — fort bien faite, et fort intéressante : « *Observations pour M. Pierre Bastian* », rédigées en vue de disculper celui-ci, je relève les renseignements suivants, sur divers membres de sa famille.

Mme Bastian mère est née le 28 novembre 1825, à Poitiers, où son père, M. de Chartreux avait une charge d'agent de change peu importante.

Son grand-père maternel était huissier dans la même ville, et le frère de l'agent de change exerçait la même profession à Vouillé.

M. Bastian père était professeur de rhétorique au lycée de Poitiers lorsqu'il épousa Mlle de Chartreux, le 8 juillet 1846. Plus tard, il devint, dans la même ville, professeur à la Faculté des Lettres et Doyen de la Faculté.

Il paraît vraisemblable que Mme Bastian s'arrogea toute l'autorité dans le ménage et que son mari dut s'y résigner, puisque tout le monde la dépeint comme imposant impérieusement son joug autour d'elle.

M. et Mme Bastian eurent deux enfants : Pierre, né le 29 février 1848, et Mélanie, née le 1er mars 1849.

M. et Mme Bastian habitaient à Poitiers une maison sise rue de la Visitation, qui appartenait à M. de Chartreux, père de cette dernière.

M. de Chartreux, retiré des affaires, y demeura aussi en même temps que ses enfants jusqu'à son décès.

M. Bastian père y est décédé le 9 avril 1882.

M. de Chartreux y est mort à son tour un an après, le 21 avril 1883.

Mme de Chartreux, née Kleiber, l'avait précédé de dix ans dans la tombe.

Parmi les témoins entendus, le seul qui déclare avoir fréquenté M. de Chartreux, dit en termes très expressifs que sa fille et sa petite-fille avaient de qui tenir, au point de vue de l'extravagance ou de la folie, car il était « original et très exalté » (déposition de l'abbé Montbron).

Sans être infirme, M. de Chartreux a passé la dernière partie de son existence dans une réclusion absolue; se renfermant dans sa chambre du second étage, dont il ne sortit même pas pour assister aux derniers moments de son gendre, mort dans une autre chambre sur le même palier.

Nul ne l'a jamais vu dans la rue pendant ses dix dernières années.

Les anciennes servantes confirment cette réclusion volontaire. L'une d'elles, la femme Gault, ajoute que, « n'étant pas chargée spécialement du soin de ce nouvel ermite qui ne sortait point de sa chambre », elle a quitté la maison, après y avoir servi trois ou quatre mois, sans l'avoir jamais aperçu. Elle n'a su qu'il existait que par ouï-dire.

CHAPITRE V

Mme Bastian avait soixante-quinze ans au moment de son arrestation (elle ne paraissait en avoir pas plus de soixante-cinq, de soixante-deux même, au dire de certains témoins). C'était une femme petite, assez forte, aux traits durs, qui se présentait le plus souvent la tête recouverte d'un bonnet noir, orné de dentelles ou de rubans. Elle menait une vie recluse, ne recevait presque personne, et sortait de moins en moins dans la ville, où elle était considérée, respectée, mais peu aimée. Les très nombreux témoignages que l'on put recueillir concordent sur ce point : « Son caractère était autoritaire et irascible. » Mme R. C., femme d'un professeur de Poitiers, ancien camarade de M. Bastian, une des rares personnes qu'elle consentît à voir, nous raconte ceci : Au mois d'avril 1882, à la mort de M. Bastian père, Mme Bastian, ne supportant pas d'être accompagnée aux obsèques par sa belle-fille, qu'elle détestait, la fit chercher pour l'assister dans cette triste cérémonie. A partir de cette date, Mme Bastian prit l'habitude de recevoir Mme R. C. assez régulièrement, une fois par semaine environ, de préférence

le samedi, à trois heures, après la visite du médecin (?).
« De cette façon, disait Mme Bastian, je n'aurai à
faire toilette qu'une fois par semaine, et pourrai rester
en robe de chambre les autres jours. » Ces visites
hebdomadaires continuèrent pendant dix ans. A part
Mme R. C. et une cousine, Mme Halleau, dont les
visites étaient du reste beaucoup moins fréquentes,
Mme Bastian ne recevait personne.

Mme R. C. nous dit que Mme Bastian lui parlait
souvent de sa fille Mélanie. Celle-ci, à sa connaissance,
n'avait jamais eu l'intention de se marier, mais
souhaitait d'entrer en religion; elle en aurait été
dissuadée par le docteur Guérineau et la Supérieure de
l'hôpital. Mme R. C. conseilla souvent à Mme Bastian
de retourner avec sa fille habiter le grand corps de
logis de sa maison; toutes deux auraient pu avoir là
des chambres communicantes, et Mélanie aurait été
mieux soignée. Mais Mme Bastian se refusait à ce
changement qui, disait-elle, aurait rendu le service
trop difficile. « Mme Bastian ne m'a jamais demandé
si je voulais voir sa fille, dit Mme R. C. Un jour, je
lui ai écrit pour lui offrir d'envoyer une de mes filles
tenir compagnie à la sienne; mais j'ai compris, à son
silence, qu'elle ne voulait pas que l'on communiquât
avec Mlle Mélanie, et je n'ai pas insisté. »

M. Pierre Bastian avait souvent des discussions violentes avec sa mère. Celle-ci lui avait interdit l'accès
de sa propriété, située à Migné, et lorsqu'elle apprit
qu'il s'était permis d'y aller malgré sa défense, elle
l'invectiva d'une manière furieuse et le mit à la porte.

Un autre jour, Pierre Bastian ayant cueilli une fleur dans le jardin de sa mère qu'il était venu voir, il y eut entre eux une scène véritablement scandaleuse; ils faillirent presque se frapper; Mme Bastian mit de nouveau son fils à la porte, et défendit à ses domestiques de lui ouvrir lorsqu'il se présenterait. Mais la plupart des scènes étaient au sujet des questions d'argent. Mme Bastian servait une pension à son fils, et à l'exigibilité de chaque terme, il y avait toujours des difficultés entre eux. Certain jour, Mme R. C. la trouva fort en colère : « Je veux être maîtresse chez moi, lui dit-elle. Je viens de mettre mon fils à la porte, avec défense de jamais revenir. » Mais Mme R. C. ajoute aussitôt que cette scène, qu'elle croyait d'abord motivée par une question d'intérêt, pouvait bien avoir eu lieu au sujet de Mélanie, car Mme Bastian se plaignait que son fils insistât pour faire admettre sa sœur dans une maison de santé, ce à quoi elle se refusait et se refuserait toujours. Elle avait fait son testament, disait-elle, dans le but surtout de contraindre son fils à ne point changer un état de choses qui avait reçu son assentiment. Sa fille, pour laquelle elle s'était toujours sacrifiée, devait continuer à habiter la chambre qu'elle occupait déjà depuis plusieurs années, et dont une clause particulière du testament de Mme Bastian mère lui laissait la propriété, avec obligation de ne la point quitter, même après la mort de sa mère [1].

1.   Testament de Mme Bastian
Dans son testament en date du 5 janvier 1885, Mme Bastian *déshérite son fils* autant que la loi l'y autorise.

Mme R. C. insinue que peut-être la crainte d'être privé de l'annuité de cinq mille francs que lui versait sa mère retenait M. Pierre Bastian de s'opposer aux décisions de celle-ci, et l'invitait-elle à fermer les yeux sur un état de choses qu'il désapprouvait.

Puis, subitement, et sans explication aucune, Mme Bastian ferma sa porte à Mme R. C., sans pourtant, semble-t-il, être particulièrement indisposée contre elle, puisqu'elle la laissa figurer sur son testament de 1885, qu'elle aurait facilement pu modifier. Il ne faut donc voir là qu'une aggravation de cette humeur maussade et de son horreur de toute société. Mme Bastian, depuis nombre d'années, nous dit M. F. C., Secrétaire honoraire de la Faculté de Droit, avait donné des instructions pour que personne ne pénétrât chez elle. La grande porte d'entrée était toujours fermée à clef, et il fallait, pour pénétrer dans l'immeuble, passer par la petite cour. Du vivant de

Sur une fortune de 500 000 francs, au maximum, elle lègue à des étrangers 151 700 francs (à quoi il faut ajouter environ 25 000 francs de frais).

En outre, pour sa fille, elle dit :

« Je donne et lègue à... ma fille... l'usufruit et jouissance, pendant sa vie, *de la chambre qu'elle habite actuellement,* de celle qu'elle habitait précédemment, de la chambre vis-à-vis de la précédente, et du cabinet de mon père...

« *Je veux que ma fille continue à demeurer, après mon décès, dans la partie de ma maison dont je viens de lui léguer l'usufruit.*

« J'entends que tous les revenus de ma fille, ainsi que tous ceux qu'elle recueillera après, soient exclusivement consacrés aux soins qui lui sont nécessaires. »

M. Bastian, l'accès de la maison était encore possible, mais, après le décès du chef de famille, une consigne sévère avait dû être donnée, car personne n'y pénétrait plus, à l'exception des filles de service. C'est donc au témoignage de celles-ci, assez souvent remplacées, que nous devrons recourir pour essayer de comprendre ce qui se passait dans cette étrange maison où, nous dit l'une d'elles, « on avait toujours l'air de marcher sur la pointe des pieds ». Mais ces témoignages ne peuvent être acceptés sans réserve, surtout pour ce qui se rapporte à l'alimentation de la séquestrée. L'on n'est pas bien certain, en effet, que Mélanie Bastian profitât elle-même des huîtres et des poulets que sa mère lui faisait servir (ainsi que l'attestent les notes des fournisseurs). Ces menus raffinés s'accordent bien peu avec la sordide avarice qu'on lui reprocha par la suite. Mais Mme Bastian, nous disent les domestiques, n'entrait jamais dans la chambre de sa fille et ne pouvait savoir si les poulets et les huîtres qu'elle payait parvenaient jusqu'à la séquestrée. Pourtant, Mélanie Bastian reparlait, une fois à l'hôpital, des poulets qu'on lui servait à cher bon grand fond Malampia. C'est un des points de l'étrange histoire qu'il reste le plus malaisé d'éclaircir, et où l'inconséquence des caractères demeure particulièrement déconcertante; car, d'autre part, et sur ce point tous les témoignages ancillaires concordent, Mme Bastian se refusait obstinément à laisser changer drap, couverture ou matelas du lit de sa fille, encore que, dans telles autres pièces de la maison, elle en eût une importante provision : « Mme Bastian était d'une avarice sordide, à tel point que je n'osais jamais lui réclamer moi-même mes gages; j'étais obligé de les faire demander par ma mère », nous dit Alcide Texier, contrôleur à la Compagnie Générale des Omnibus, employé au service de Mme Bastian lorsqu'il n'avait que dix-sept ans. « Pendant les six mois que j'ai passés dans sa maison, je lui ai toujours vu porter la même robe très sale. »

Il semble vraiment qu'il y ait, chez tous les membres de cette famille, non tant précisément avarice, qu'amour de la saleté. Nous verrons même ce goût étrange se manifester chez le fils d'une manière encore plus répugnante. Mais peut-on encore parler d'avarice, lorsque l'on entend Juliette Dupuis nous raconter ceci : « Le soir, Mlle Bastian ne mangeait presque pas; rien qu'une brioche ou un gâteau appelé jésuite; et le matin, à son premier déjeuner de neuf heures, rien qu'une tasse de chocolat de la Compagnie Coloniale, Mlle Bastian ne voulant pas de pain. Par contre, le repas de midi, que j'étais chargée de porter à Mlle Mélanie, consistait généralement en une sole frite et une côtelette entourée de pommes de terre; le repas était préparé par la fille Tabot. Quelquefois on faisait venir de l'Hôtel de France, et, avant, de l'Hôtel de l'Europe (les notes de l'hôtel en font foi) : soit un poulet au blanc, avec champignons, soit un poulet à la sauce rousse. Souvent des huîtres [1], lorsque c'était la saison, et

1. Déposition de Mme Fort, marchande d'huîtres : « J'ai fourni des huîtres pendant vingt-cinq ans à la maison Bastian. Les bonnes venaient en acheter tous les jours

aussi du pâté de foie gras. » M. Robin, propriétaire de l'Hôtel de France, confirme qu'on lui demandait ainsi des plats, souvent deux ou trois fois par semaine.

Le mémoire de la maison Maillard-Laurendeau remis à M. le Juge d'instruction, accuse une quantité relativement très importante de vin ordinaire de première qualité, à 0 fr 75 la bouteille, et de vin fin de Bordeaux, à 2 francs et 3 francs la bouteille, fournie dans les deux dernières années à Mme Bastian, dont les habitudes de sobriété et d'extrême économie ne permettent pas de supposer qu'elle fît cette dépense pour elle-même.

L'ordinaire de Mme Bastian était des plus simples. Il ne paraît pas qu'elle touchât aux huîtres, aux poulets, et au foie gras, que l'on apportait pour sa fille.

Nous lisons, ensuite, la déposition de la fille Dupuis : « Je lui portais la nourriture dans une assiette, je ne mettais jamais de couteau, parce que je savais qu'elle n'en voulait pas. Elle prétendait qu'une fille dévote ne devait pas se servir de couteau. Il y avait toujours dans l'assiette une fourchette, mais pas de cuillère, parce qu'elle ne mangeait jamais de potage. Mlle Bastian ne voulait du reste pas se servir de fourchette; elle mangeait avec ses doigts; je ne portais pas de serviette, bien que Mlle Bastian m'en demandât parfois pour essuyer " ses petites menottes ", parce que Mme Bastian m'avait refusé de m'en donner. »

ou tous les deux jours. Mme Bastian demandait les plus belles et les plus fraîches pour Mlle Mélanie. »

Une autre servante nous dit que Mlle Bastian ne mangeait pas toujours aussitôt la nourriture qu'on lui apportait, mais gardait en réserve, sur sa paillasse, à côté d'elle, une partie des aliments — ce qui explique la quantité des détritus. « M. Pierre Bastian est venu quelquefois pendant que je faisais manger sa sœur; il ne s'est jamais occupé de sa nourriture, et jamais ne s'est informé s'il lui manquait quelque chose. Au repas de midi, la demoiselle Bastian buvait du vin blanc, coupé d'eau. On ne lui a jamais refusé, que je sache, nourriture ou boisson. »

Interrompons un instant le témoignage de Juliette Dupuis pour intercaler cet ahurissant fragment de déposition de Virginie Neveux, dont je donnerai plus loin d'autres parties également sensationnelles :

« Mélanie Bastian mangeait les mêmes aliments que sa mère, mais, comme boire, Mme Bastian mère ne lui faisait donner que de l'eau sucrée, dans laquelle elle mettait de l'éther. Il arrivait souvent que Mélanie refusât de boire; alors la mère nous faisait descendre le verre contenant ce breuvage à la cave, et tous les jours on le lui présentait de nouveau, jusqu'à ce qu'elle l'eût bu. »

« Quand je suis arrivée, en 1899, — reprend Juliette Dupuis — la chambre de Mlle Bastian était dans l'état où vous l'avez vue, mêmes meubles, même literie, même saleté. Nous avons souvent, la fille Tabot et moi, demandé à Mme Bastian de quoi la changer, de draps, de couvertures, de traversin, de matelas; nous avons essuyé un refus catégorique; Mme Bastian nous répondait que nous n'arriverions jamais à la tenir propre; je dois déclarer cependant qu'il nous eût été facile, à la fille Tabot et à moi, de la nettoyer et de lui faire contracter des habitudes de propreté; lorsque nous avons vu que Mme Bastian voulait absolument laisser sa fille coucher sur un véritable grabat rempli de vermine, nue, sans chemise, recouverte seulement d'une couverture sordide et que nous avons constaté qu'on nous interdisait d'ouvrir la fenêtre dont les volets étaient cadenassés et qu'on nous obligeait à laisser fermée la porte sous prétexte qu'on enrhumait la demoiselle Bastian, nous n'avons plus rien dit; mais nous avons averti les voisins.

« Il y avait dans la chambre de la demoiselle Bastian une odeur infecte, l'air n'était pas respirable, ce qui n'était pas étonnant, car cette demoiselle faisait ses excréments dans le lit et qu'il ne nous était permis d'enlever le petit drap de dessous plié en quatre que le soir, à neuf heures et demie.

« Mme Bastian savait parfaitement dans quel état épouvantable de malpropreté était laissée sa fille; elle se contentait de dire : " Ah! pauvre enfant, que voulez-vous que j'y fasse? "

« M. Pierre Bastian était au courant de tout, il venait très souvent voir sa sœur et jamais il ne nous a invitées à la tenir propre; au contraire, quand nous voulions donner de l'air à la chambre, par la porte seulement, car la fenêtre était toujours hermétiquement fermée, il allait prévenir sa mère qui nous adressait de sévères remontrances. »

Les témoignages des servantes de Mme Bastian sont, je l'ai dit, souvent contradictoires. Ce serait les fausser et leur enlever une grande partie de leur intérêt, que de chercher à les réunir, à les grouper dans un résumé. Chacun a son caractère propre, et le mieux, il me semble, est d'en transcrire ici les parties les plus saillantes.

Ecoutons Juliette Brault, que Mme Bastian employa d'abord comme femme de chambre et, ensuite, comme cuisinière, de juin 1897 à septembre 1898 :

« La première fois que je suis entrée dans la chambre de Mlle Bastian, j'ai éprouvé un frémissement; l'odeur qui se dégageait du lit de Mlle Bastian était fétide, il n'y avait pas à ce moment de détritus de viande ou d'excréments, mais la paillasse et le matelas étaient complètement pourris, ainsi qu'a dû vous le dire Mlle Péroche qui était domestique avec moi. Mlle Bastian était toute nue, enveloppée dans une sale couverture, et j'ai constaté qu'il y courait très souvent des cafards; tous les soirs on plaçait sous Mlle Bastian un drap plié en quatre; il était destiné à recevoir ses excréments, et on ne le changeait que toutes les vingt-quatre heures.

« Mlle Bastian n'était pas absolument folle; parfois elle disait des choses sensées, mais elle ne voulait pas être nettoyée, et avait toujours la tête couverte. Les meubles étaient recouverts d'une couche épaisse de poussière qu'il était impossible d'enlever, puisque la croisée et les persiennes n'étaient jamais ouvertes; parfois je donnais de l'air par la porte, malgré la défense formelle de Mme Bastian qui voulait que toutes les issues fussent hermétiquement fermées; cependant, au cours des fortes chaleurs, elle tolérait l'ouverture de la porte.

« Durant quinze mois, j'ai couché dans cette chambre; l'odeur était insupportable; elle était cependant un peu tolérable quand la porte était ouverte; aussi, la nuit, je laissais toujours la porte ouverte; si Mme Bastian l'avait su, elle se serait fâchée, car elle aurait dit qu'on voulait faire enrhumer sa fille. Bien souvent j'ai demandé, ainsi qu'Hélène Bonneau et Berthe Perroche, qui ont été domestiques en même temps que moi, à ce que les paillasses et matelas fussent changés; nous avons toujours essuyé un refus catégorique de la part de Mme Bastian qui nous disait : " Vous ne pourrez pas la changer; ah! la pauvre fille, comme elle m'en a fait perdre! " Je dois dire qu'il y avait dans la maison des matelas et des paillasses dont on ne se servait pas; il n'y en aurait pas eu à acheter. Quand je parlais d'une chemise à Mme Bastian, elle me répondait : " La pauvre enfant, elle n'en veut pas. "

« Mlle Bastian n'avait aucun linge de corps et la commode de sa chambre était vide de tiroirs.

« J'affirme que, si on avait voulu, on aurait pu tenir Mlle Bastian propre; mais alors il aurait fallu d'autres aides, et une volonté qui n'existait ni chez Madame, ni chez M. Bastian fils.

« Je n'ai jamais vu Mlle Bastian levée; J'ai essayé plusieurs fois de voir sa figure, je n'ai jamais pu; son corps était d'une maigreur effrayante, bien qu'elle fût nourrie convenablement; le matin on lui servait du café au lait ou du chocolat, à midi au moins deux plats, et le soir elle ne voulait rien.

« J'ai quitté Mme Bastian, parce que je ne pouvais plus m'entendre avec une femme aussi avare et aussi autoritaire.

« Je plaignais de tout mon cœur Mlle Mélanie Bastian, je n'ai pas cependant songé à avertir la justice. »

Mlle Mélanie devait rester appuyée sur son coude, et se tenir dans une position très pénible, nous dit Louise Quinquenaud, née Pichard. « Il eût été cependant bien facile de placer sous sa tête un traversin et un oreiller, mais il aurait fallu les remplacer de temps en temps, et c'est ce que Mme Bastian ne voulait pas. L'avarice de cette femme était telle que, malgré mes réclamations, et les insistances des domestiques qui ont été avec moi, il a été impossible d'obtenir de changer la literie, qui était dans un état épouvantable. Un jour, cependant, j'ai tellement supplié Mme Bastian que j'ai été autorisée par elle à aller chercher un matelas dans une chambre du grand corps de logis. Dans cette partie de la maison, il y avait plusieurs lits complets qui ne servaient à rien; j'ai descendu le matelas dans la chambre de Mlle Mélanie; lorsque Mme Bastian a vu qu'on allait le substituer au lit de plumes pourri, elle s'est opposée à ce changement et j'ai dû remonter le matelas.

« ... Je me souviens que, quelques jours avant mon départ, je me suis fâchée avec Mme Bastian parce qu'elle voulait toujours faire servir les mêmes draps et les mêmes linges, alors que ses armoires à linge étaient pleines.

« J'ai souvent blâmé Mme Bastian de laisser sa fille dans un pareil état de saleté et je l'ai engagée à prendre une sœur; elle m'a répondu que c'était inutile, parce que sa fille n'était pas malade et que du reste elle était très bien comme elle était, puisqu'elle paraissait toujours contente. »

« ... Non seulement Mlle Mélanie vivait ainsi, nous dit une autre servante, mais elle s'y plaisait beaucoup. Je me rappelle lui avoir demandé un jour si elle ne serait pas contente de se trouver dans une chambre bien propre, jolie, ornée de beaux meubles. Elle me répondit : " Oh! ma chère petite grotte! je ne voudrais pas, pour tout au monde, l'abandonner un instant. J'y suis fort bien. "

« ... A un moment donné, nous dit Berthe Perroche, la paillasse et le matelas étaient tellement pourris que nous avons demandé à les remplacer par d'autres qui étaient dans la maison et qui s'abîmaient. Mme Bastian a refusé et nous a répondu que nous ne pourrions pas les lui mettre, et que d'ailleurs elle ne voulait pas les faire pourrir. Elle nous a cependant permis, mais avec combien d'hésitations, de faire nous-mêmes trois petits coussins; nous en avons placé un sous mademoiselle; les deux autres ont été conservés pour coussins de rechange.

« ... Nous avons demandé à Mme Bastian de faire admettre sa fille dans une maison de santé, et elle nous a répondu qu'elle avait fait vœu de rester avec sa fille jusqu'à sa mort. »

Ecoutons encore Juliette Dupuis : « M. Pierre Bastian ne peut pas dire qu'il n'a pas vu la saleté dans laquelle était laissée sa sœur, car j'affirme qu'au moins une fois en ma présence, et devant Eugénie Tabot, il a assisté, ayant à ses côtés sa mère, à ce que nous appelions *le coucher de mademoiselle Mélanie,* qui consistait en ceci : cette demoiselle se soulevait et se mettait à quatre pattes (*sic*); la cuisinière relevait les couvertures qui enveloppaient Mlle Mélanie, sauf celle qui lui couvrait la tête, puis elle retirait le drap plié en quatre qui contenait les excréments des dernières vingt-quatre heures et enlevait aussi un petit coussin de balle d'avoine, qui était absolument dégoûtant; on remettait sur le lit un coussin sec, quoique très sale et un autre drap lavé, mais jamais lessivé, et Mlle Bastian reprenait son ancienne position.

« M. Pierre Bastian ayant assisté une fois au moins à ce spectacle, il est mal venu de soutenir qu'il croyait sa sœur bien soignée; le petit coussin de balle d'avoine séchait tout l'hiver dans la chambre; il n'a pas pu ne pas le voir. »

Comment expliquer cette singulière attitude du frère? Il est temps de parler un peu de lui.

L'excellente brochure de M. Barbier, avocat à la Cour d'appel, ancien bâtonnier de l'Ordre, à laquelle nous avons déjà fait quelques emprunts, va de nouveau nous renseigner.

CHAPITRE VI

Une photographie de Pierre Bastian, que nous avons sous les yeux[1], nous le montre coiffé d'un chapeau de feutre dur demi-haut de forme et à bords assez larges. Il a la tête enfoncée dans les épaules; on ne peut voir son col, mais seulement un petit nœud noir tout droit. Les plis qui vont des commissures des lèvres aux ailes du nez sont profondément marqués. Des moustaches tombantes, très fournies, rejoignent d'épais favoris tombant plus bas que le menton très large et rasé. Il porte un pince-nez. Son regard de myope est étrangement oblique et voilé.

Nous avons vu que Pierre Bastian, d'une grande faiblesse de caractère, se laissait entièrement dominer par sa mère. Celle-ci n'avait jamais cessé de le « traiter en petit garçon ». Il sait pourtant, parfois, se rebiffer, ainsi que nous le montre la lettre à sa mère, du 11 juin 1893, que reproduit le rapport de M. Barbier :

« Avant de prendre les mesures extrêmes auxquelles

1. Voir Illustrations p. 11.

je vais être obligé de recourir pour faire face à ma position sociale, je tiens à te dire encore une fois que les 2 500 francs me sont absolument nécessaires pour vivre à Poitiers. Tu me les dois, ces 2 500 francs, attendu que la volonté formelle de mon grand-père a toujours été que cette rente me fût continuée après sa mort. Je vais prendre à témoin plusieurs personnes qui ont entendu sa déclaration. Cela résulte aussi des lettres que j'ai de lui et que j'ai précieusement conservées dans mon tiroir.

« Le simple bon sens suffit à montrer que nous ne pouvons pas vivre avec les 1 230 francs que tu m'as remis hier (car il manque vingt francs et tu ne nous as même pas donné 1 250 francs). *Tu ne nous as pas donné un sou d'étrennes* cette année, et, malgré toutes les dépenses que j'ai dû faire pour soutenir mon rang dans la société à un moment où plus que jamais nous devons montrer que nous n'appartenons pas à une famille de misérables, je ne t'ai pas demandé un centime. Il me semble que, loin de nous accuser d'être dépensiers, tu devrais au contraire nous approuver et nous remercier d'avoir mené ta petite-fille dans le monde et d'avoir réussi à lui faire faire bonne figure.

« Toi qui avais l'air de tenir tant à ce que je boive du vin, je dois te déclarer qu'à partir d'aujourd'hui je bois de l'eau et mange des haricots.

« Plutôt que de ne pas soutenir notre rang dans le monde, nous nous priverons de nourriture, et cet hiver on ne fera pas un brin de feu dans la maison... En tout cas, ce n'était pas la peine de nous faire quitter la rue

Boncenne pour nous ôter d'une main le double de ce que tu nous avais donné de l'autre.

« Tu peux te vanter d'abréger ma vie, *et si on m'enterre prochainement on saura à qui s'en prendre.* »

Les témoins abondent pour le peindre « aussi myope au moral qu'au physique », et « d'une naïveté invraisemblable ». Il n'était pas précisément inintelligent. Ses amis, dont Francis Planté, le pianiste, qu'il voyait souvent du temps qu'il était conseiller de Préfecture à Mont-de-Marsan, l'aimaient et s'amusaient de ses bizarreries. Il n'était pas sans culture, avait même des prétentions littéraires, qui ne furent du reste connues que de quelques intimes. Ceux-ci reconnaissent qu'il était « rebelle aux soins et aux habitudes les plus élémentaires de propreté ». Il tenait à faire son lit lui-même, nous dit Mlle Giraud, qui fut quelque temps sa femme de chambre. Une autre femme de chambre, Mlle Godard, nous apprend qu'il ne voulait pas que l'on changeât jamais ses draps de lit. « Il fallait le faire sans qu'il s'en aperçût, et, quand il voyait qu'on l'avait fait, il se fâchait. » Il mettait une petite malle à la tête de son lit, en guise de traversin. Il défendait de faire sa chambre. Celle-ci était sale et dégoûtante, jamais balayée; tous les objets y étaient recouverts d'une épaisse couche de poussière; tout était dans le plus grand désordre; on y trouvait toujours plusieurs seaux de toilette à moitié pleins. Faut-il voir là simplement de la « négligence », mot dont se servent quelques témoins. Il semble bien plutôt, ainsi qu'on va le voir par la suite, que Pierre Bastian se plaisait dans la saleté. Le mot « saleté » n'est même pas assez fort. Et l'on s'étonne moins que M. Pierre Bastian ne fût pas incommodé par l'odeur infecte de la paillasse et de la chevelure de sa sœur, mais, au contraire, y prît plaisir, lorsque l'on apprend ce qui suit :

Au milieu de sa chambre, un vase de nuit tenait lieu de cabinet d'aisances. Il n'admettait pas qu'on le déplaçât. Il fallait que ce vase restât là, jusqu'à ce qu'il ne pût plus contenir de matières. Et même un jour, il exigea de son propriétaire (?) un vase beaucoup plus volumineux, afin de devoir le vider moins souvent.

Il y a mieux encore : voici ce que nous dit Mme Berger, née Martin, ancienne domestique de Pierre Bastian : « Il est arrivé deux ou trois fois à M. Pierre Bastian de monter dans sa chambre après déjeuner, pour faire ses selles dans son vase ou dans son seau de toilette, puis de me l'apporter dans la cuisine, où j'étais en train de déjeuner, pour que j'aille le vider.

« Certain jour il fit enlever le lit de sa femme de leur chambre à coucher commune, pour le mettre dans le cabinet de toilette voisin, puis, ayant fait ses besoins dans son vase de nuit, il plaça le vase sur la table de nuit, à côté du lit de sa femme « pour qu'elle sente bien l'odeur », disait-il. Il a, pour plus de sûreté, fermé la fenêtre.

« M. Pierre Bastian a la vue faible, même avec son binocle. Quand il venait dans la cuisine, il se penchait sur les plats, au point de se brûler. Il avait, c'est exact, l'odorat fort peu développé. Il ne voulait pas que les bonnes entrent dans sa chambre, en sorte que, quelquefois, le vase où il faisait ses besoins n'ayant pas été vidé de plusieurs jours, c'était une infection au milieu de laquelle il vivait sans paraître s'en apercevoir. »

Inutile de transcrire ici cinq ou six autres témoignages qui ne font que confirmer celui-ci.

Tout ceci nous explique que M. Pierre Bastian pût venir chaque jour lire le journal, dans la chambre de sa sœur, ainsi que nous le disent plusieurs témoins, sans être incommodé par l'odeur excrémentielle, mais au contraire y trouvant quelque satisfaction olfactive. Nous ne nous étonnerons donc pas non plus si Pierre Bastian ne s'indignait pas davantage d'un état de choses dont il se serait lui-même assez volontiers accommodé. On en était arrivé là peu à peu, par une lente accoutumance. Mais d'autres lettres de Pierre Bastian, si nous remontons loin en arrière, nous montrent qu'il fit d'abord quelques efforts affectueux, pour ramener sa sœur à une existence plus normale. Il écrivait, de Mont-de-Marsan, le 29 février 1876 : « Ma petite Gertrude [1], nous sommes aujourd'hui au milieu des masques et des déguisements. Il y a ce soir un grand bal à la mairie. Tous les divertissements sont favorisés par un temps splendide. Je souhaite qu'il en soit de même à Poitiers, *afin que tu puisses quitter ta cellule,* et faire un petit tour à Blossac... » Et le 5 août 1882, en post-scriptum à une lettre écrite de Saint-Jean-de-Luz, à sa mère : « Ma petite Gertrude, je ne

1. Nom qu'il donnait à sa sœur dans l'intimité. Mlle Mélanie appelait son frère « petit Pierre ». Tous deux appelaient Mme Bastian mère : « Bounine ».

peux pas écrire à Bounine sans t'envoyer un petit mot, pour que tu voies que je ne t'oublie pas. J'espère que tu n'es pas malade en ce moment; soigne-toi bien; *prends une robe comme tout le monde,* et quand je serai de retour à Poitiers, ce qui ne tardera pas, nous irons faire un tour de promenade ensemble, si ça te plaît. Ça vaudra mieux, en tout cas, que de rester toujours enfermée dans ta chambre.» Et encore le 16 août 1883, nous lisons à la fin d'une lettre à sa mère : «Embrasse pour moi Gertrude, et dis-lui que je ne l'oublie pas, et que je lui écrirai la prochaine fois. Qu'elle se soigne bien et se décide à prendre l'air comme tout le monde.»

Ces phrases, ainsi que le remarque M. Barbier, indiquent à la fois la sollicitude du frère et le caractère parfaitement volontaire de la réclusion de Mlle Mélanie Bastian.

CHAPITRE VII

« Le goût et l'habitude d'une réclusion, qui ne tarda pas à devenir absolue, dit M. Barbier dans son long rapport, existaient donc chez Mlle Mélanie Bastian, dès 1873, à une époque où ses forces physiques et morales n'étaient pas encore très atteintes, à l'époque où son père et son grand-père étaient là pour la protéger et aussi pour tenter de la raisonner. »

Mélanie Bastian avait alors vingt-trois ans. Divers témoins nous disent qu'elle était encore à cette époque « très douce et très bonne enfant ». Pourtant, les premiers troubles mentaux semblent s'être manifestés chez elle dès 1871. Ecoutons M. Théodore Touchard, entrepreneur de plâtrerie :

« Etant voisin des familles de Chartreux et Bastian, j'ai beaucoup connu les enfants Monnier et leurs parents ; la jeune fille, Mlle Mélanie Bastian étant tout enfant, venait souvent à la maison ; elle était très enjouée et très brouillon, c'était un véritable salpêtre ; nos relations se sont continuées pendant de nombreuses années en qualité de voisins.

« A une époque que je ne puis préciser, mais qui correspond au moment où Mlle Mélanie pouvait avoir vingt et un ou vingt-deux ans, mon attention, comme celle des voisins, fut attirée par les agissements de cette demoiselle qui sortait en compagnie de Mme Fazy, sa bonne, et qui se rendait dans l'impasse où, à cette époque, demeurait M. C... fils; quelque temps après, le bruit courut que Mlle Bastian allait se marier avec M. C..., ce qui me surprit, ainsi que mes voisins, parce qu'il y avait une grande différence d'âge; puis plusieurs mois s'écoulèrent sans que le mariage se conclût, et c'est après, que Mlle Bastian ne sortit plus de chez elle, et qu'on ne l'a plus vue; j'ai entendu dire que Mme Bastian n'aurait pas voulu que sa fille se mariât avec M. C..., parce qu'elle le trouvait trop vieux; je le répète : à partir de ce moment-là, je n'ai plus revu Mlle Mélanie, et j'ignore absolument la décision qui a été prise par la famille Bastian à son égard. »

Les renseignements que nous pouvons avoir sur l'état de Mlle Mélanie avant 1880 sont très rares. Marie Fazy, qui resta très longtemps au service de Mme Bastian, nous dit bien que Mlle Bastian souhaita d'abord se marier; puis, plus tard, voulut entrer en religion, et que sa mère s'y était obstinément opposée. « Les contrariétés éprouvées par Mlle Bastian, dit Marie Fazy, avaient déterminé un dérangement cérébral, qui ne l'empêchait pas de raisonner fort bien sur beaucoup de matières. » Mais l'époque n'est pas précisée. Aucune date non plus pour situer cette déclaration de la dame Honoré, née David. Nous voyons pourtant qu'il faut la placer avant la mort de M. Bastian père, c'est-à-dire avant le 9 avril 1882.

« Il arrivait quelquefois que Mlle Mélanie descendait à la salle à manger pour chanter et jouer du piano; aussitôt sa mère la repoussait dans sa chambre, en la réprimandant vertement, et en lui disant : " qu'elle faisait honte ". Les portes du salon lui étaient fermées. La demoiselle Mélanie remontait alors dans sa chambre en maugréant, mais immédiatement la dame Bastian dépêchait près de sa fille son mari, pour ordonner à celle-ci de se taire. »

Il semble que le caractère autoritaire de Mme Bastian ait très fâcheusement aidé au déséquilibre mental de sa fille. L'abbé Montbron, qui connaissait la famille Bastian depuis trente et un ans, nous peint Mme Bastian, à cette époque déjà, comme « fantasque, dure et impérative, ainsi que despote ». Les relations qu'il avait avec la famille cessèrent brusquement, et, comme l'abbé Montbron s'étonnait de ne plus voir ni Mme Bastian, ni sa fille et cherchait à savoir si elles avaient changé de paroisse ou si elles étaient malades, on lui apprit que ces dames ne sortaient plus, pas même pour aller aux églises. Ce n'est qu'en 1882 que l'abbé Montbron, appelé à administrer les derniers sacrements à M. Bastian père, mourant, apprit par lui les mesures qu'il allait, disait-il, être obligé de prendre à l'égard de sa fille Mélanie. « Il jouissait de toutes ses facultés, nous dit l'abbé Montbron, et il a reçu tous les sacrements en pleine connaissance. Il pleurait amèrement, semblant indiquer le regret, soit d'avoir dû céder aux exigences impératives de sa femme en agissant ainsi rigoureusement, soit d'avoir été obligé de prévenir des scandales, car il disait, et tout le monde le savait déjà par ouï-dire, que la jeune fille, hystérique, se découvrait totalement devant n'importe qui et se montrait en pareille attitude aux fenêtres donnant sur la rue, ce qui expliquerait, à mon avis, la fermeture rigide de ces fenêtres. »

« Elle ne voulait pas mettre de vêtements, déclare Marie Brunet, femme Deshoulières, au service de M. de Chartreux en 1883; elle allait dans la maison, n'ayant sur elle que sa chemise et un corsage... A cette époque, elle n'était point folle; elle raisonnait à merveille. Elle n'était pas méchante, sauf vis-à-vis de sa mère, qu'elle ne paraissait pas aimer. En causant avec celle-ci, Mlle Mélanie entrait souvent dans de violentes colères, et aurait pu se livrer à des actes de brutalité, sans l'intervention de Marie Fazy. Avec cette dernière, et avec moi, elle était douce.

« Marie Fazy m'a dit que Mme Bastian avait toujours contrarié sa fille, et avait toujours voulu l'empêcher, même du vivant de son mari, de sortir; elle trouvait toujours un prétexte pour empêcher le père de promener sa fille, et, comme elle ne sortait pas, elle ne voulait pas que Mlle Mélanie se promenât. »

A cette époque (1882), il semble que Mélanie Bastian descendît encore à la salle à manger où, dit Mme Deshoulières, « elle causait avec sa mère fort raisonnablement ». Mais, une fois rentrée dans sa chambre, elle était prise de terreurs, et « se faisait des fantômes de tout. Croyant apercevoir des hommes qui venaient la chercher, elle poussait des cris : " A l'assassin! " que l'on pouvait entendre de la rue. »

« Si vous étiez arrivé plus tôt, dit la femme Blanchard, en avril 1882, vous auriez entendu Mlle Bastian crier très fort : " Il n'y a donc plus de justice. Je vous ferai mettre en prison tous, oui, tous. " Et ceci explique sans doute les bourrelets que l'on mit aux fenêtres. Celles-ci n'avaient pas toujours été fermées, mais bien seulement les volets, que maintenait une barre de fer cadenassée; évidemment en vue d'empêcher les exhibitions de Mlle Mélanie. Mais elle se dédommageait alors en criant. La mère lui disait alors que si elle continuait à crier ainsi, le commissaire de police viendrait l'arrêter. Et lorsque les menaces ne suffisaient pas, on passait un balai par la fenêtre pour appuyer sur la poignée de la sonnette, afin de lui faire croire que c'était le commissaire qui sonnait. » Mais elle découvrit le stratagème, et c'est alors, semble-t-il, que l'on prit l'habitude de maintenir les fenêtres fermées, même en été.

« Pendant quelque temps, nous apprend Virginie Neveux, femme Magault, Mlle Bastian demandait tous les jours du papier et un crayon pour écrire : ce que sa mère lui faisait apporter; alors elle faisait une lettre qu'elle mettait sous enveloppe et qu'elle adressait à diverses personnes dont je ne me rappelle plus les noms; ensuite, elle la faisait passer par les persiennes de sa fenêtre et tomber dans la cour; puis, elle disait à Marie Fazy, la cuisinière, de la faire porter à la poste. Comme j'étais souvent désignée, Mme Bastian disait de passer par la petite porte et de rentrer par la grande, de telle sorte que la fille croyait réellement que je portais la lettre à la poste. Mais, une fois rentrée, je la donnais à Mme Bastian, qui me disait que, lorsqu'elle en jetterait d'autres, il ne fallait pas les décacheter, car il n'y avait rien de sérieux dessus.

« Mademoiselle ne voulait pas voir sa mère, qu'elle appelait Boudine, ou Bounine, et dans une semaine, lorsqu'elle venait pour la voir, elle lui a jeté six vases de nuit qui se sont brisés dans l'escalier. Mme Bastian lui a alors dit qu'elle ne lui en donnerait plus, et qu'elle la laisserait dans la saleté; à quoi la fille lui a répondu qu'elle y était déjà; elle lui a même dit souvent qu'elle n'était pas la préférée dans la maison. »

La lecture de ces témoignages et rapports nous permet de juger moins sévèrement l'attitude de M. Bastian; la séquestration de sa sœur nous paraît en partie motivée, et nous voyons du reste qu'il s'agit moins de séquestration que de réclusion, en grande partie volontaire, en dépit des cris, des appels et d'extraordinaires inconséquences d'un caractère déséquilibré. Le rapport Barbier put établir, au surplus, que Mme Bastian n'était « même pas coupable d'avoir imposé ses idées à cet égard ».

« M. et Mme Bastian paraissent s'en être tenus, comme presque tous ceux de leur génération, à des idées désormais surannées.

« C'est M. Bastian père qui a décidé que sa fille serait soignée à la maison par ses parents, puisqu'il en a été ainsi pendant six ou sept ans durant sa vie.

« Il exprimait même cette résolution avec une certaine éloquence paternelle quand il disait, en 1878, à Mlle Kaenka : " Tant que je pourrai la soigner avec les médecins, je la garderai. " »

« Fidèle au sentiment de son mari, Mme Bastian s'y montrait attachée autant que lui, quand elle répondait à Mlle Péroche, lui parlant de mettre sa fille dans une maison de santé : " qu'elle avait fait vœu de rester avec sa fille jusqu'à sa mort. " »

La simple amélioration de Mlle Mélanie Bastian, qui suivit son entrée à l'hôpital, put faire espérer à quelques-uns son retour complet à la raison. Les médecins restaient sceptiques : « Au point de vue mental, disaient-ils, nous considérons Mlle Mélanie Bastian comme une débile, dont la raison est de beaucoup inférieure à la normale. »

M. le Juge d'instruction essaya, à maintes reprises, de l'interroger. Jamais il ne la trouva dans un état permettant de lui faire prêter serment. Le résultat de sa dernière tentative, le 6 août, alors que deux mois et demi de soins intelligents à l'Hôtel-Dieu auraient dû améliorer l'état mental de Mlle Bastian, s'il était susceptible de mieux, a été aussi déplorable que celui des précédents. D'autre part, les trois médecins légistes consultés émirent la conviction que Mlle Bastian ne recouvrerait jamais la raison. Voici, du reste, le procès-verbal de cette audition du 6 août :

D. : Indiquez-nous vos nom et prénoms.

Mlle Bastian se met à rire en disant : « Rien du tout, rien du tout. »

D. : Ne vous appelez-vous pas Mélanie Bastian?

R. : Il n'y en a pas qu'une ayant ce nom-là.

D. : Quel âge avez-vous?

R. : Je ne veux pas dire tout cela.

D. : Où êtes-vous née?

Mlle Mélanie Bastian fait entendre des paroles inintelligibles. Nous distinguons pourtant cette phrase : « On ne peut cependant pas rester toujours ici. »

D. : N'avez-vous pas un frère?

R. : Eh bien! oui.

D. : Voulez-vous nous dire le nom de votre frère?

Mlle Bastian éclate de rire et ne répond pas.

D. : Vous ne voulez pas nous dire son nom?

R. : Non.

D. : Votre frère n'est-il pas marié?

Elle répond d'une façon inintelligible.

D. : N'êtes-vous pas allée au mariage de votre frère, à Mont-de-Marsan?

R. : Eh bien, oui!

D. : N'avez-vous pas une nièce et pouvez-vous nous dire son nom?

R. : Tant pis pour elle.

D. : Quand vous étiez jeune fille, Mlle Gilbert ne vous donnait-elle pas des leçons de piano?

R. : Je ne la connais pas.

D. : Dans quelle pension avez-vous été élevée?

R. : F... on ne peut pas tout dire.

D. : Votre père ne s'est-il pas occupé de vous et ne vous a-t-il pas appris le grec?

R. : Non.

D. : N'avez-vous pas eu pendant longtemps comme bonne Marie Fazy?

R. : Oui.

D. : Qu'est devenue cette bonne? n'est-elle pas morte?

R. : Je ne sais pas.

D. : Où habitez-vous à Poitiers?

R. : Et je ne veux rien dire du tout. C'est pas à moi de causer.

D. : N'habitiez-vous pas la rue de la Visitation, n° 21?

R. : Oui, mais ce n'est pas le n° 21, c'est le n° 14.

D. : N'y avait-il pas un beau jardin?

R. : Oui, oui, quand j'y serai rendue, je sauterai sur l'échine d'une autre.

D. : A quel étage habitiez-vous?

Mlle Bastian paraît en colère et prononce des mots que nous ne parvenons pas à saisir.

D. : Votre chambre était-elle plus jolie que celle-ci?

R. : Quand on est à Cher-Bon-Grand-Fond, *c'est mieux qu'ici,* mais il faut encore attendre pour y aller.

D. : Vous souvenez-vous de votre père? Vous aimait-il bien?

R. : Oh! oui.

D. : Votre père est-il mort?

Mlle Bastian se met à rire et nous dit : « Je ne sais pas tout cela. »

D. : Vous souvenez-vous de votre mère? Vous aimait-elle et l'aimiez-vous?

A ce moment Mlle Bastian se met en colère et dit qu'elle ne veut pas causer.

D. : Voudriez-vous voir votre mère?

R. : Non, il vaut mieux qu'elle reste là-bas.

D. : Mais alors vous n'aimez pas votre mère?

R. : Si, si, mais il vaut mieux qu'elle reste là-bas.

D. : Ne vous a-t-on pas dit que votre mère était morte?

Mlle Bastian se met à rire et ne répond rien. Au bout de quelques minutes, elle dit : « Elle est toujours à Cher-Bon-Grand-Fond. »

D. : Votre frère venait-il vous voir souvent quand vous habitiez rue de la Visitation?

R. : Oui, oui.

D. : Vous portait-il des friandises?

R. : On est bien assez riche à Cher-Bon-Grand-Fond pour acheter des gâteaux. (En nous entendant dicter cette réponse, Mlle Bastian éclate de rire.)

D. : Rue de la Visitation, étiez-vous couchée dans un lit bien propre et aviez-vous des draps bien blancs?

R. : Qu'est-ce qu'on dirait à Cher-Bon-Grand-Fond si on entendait tout cela.

D. : Pourquoi conserviez-vous sur votre figure un voile ou une couverture?

Mlle Bastian prononce avec volubilité des paroles que nous ne pouvons saisir.

D. : Faisait-on votre toilette, peignait-on vos cheveux quand vous habitiez rue de la Visitation?

R. : Ce n'est pas moi qui avais tant de cheveux, cela en était une autre; il y en a d'autres que moi qui ont le même nom.

(Suivent beaucoup d'autres réponses aussi déraisonnables que celles-là.)

CHAPITRE VIII

Presque tous les renseignements que nous avons donnés sur cette affaire bizarre ne furent mis en valeur que dans le mémoire, dont nous avons déjà parlé, composé par Me Barbier, avocat de Pierre Bastian, et présenté par lui devant la Chambre des Mises en accusation, sur l'opposition faite par son client à l'ordonnance par laquelle le Juge d'instruction renvoyait celui-ci devant la juridiction compétente pour séquestration criminelle avec torture, crime puni de mort par l'article 344 du Code pénal. Nous ne nous étonnerons pas que Pierre Bastian ait été acquitté en appel après avoir été condamné par le Tribunal Correctionnel, mais bien plutôt que la Chambre des Mises en accusation, qui le renvoya devant le Tribunal Correctionnel le 7 octobre 1901, ait pu reconnaître — on ne sait comment :

1° Que, s'il n'y avait pas lieu de poursuivre M. Bastian pour séquestration arbitraire, par contre, il existait « contre ledit M. Bastian charge suffisante d'avoir volontairement... exercé sur la personne de sa sœur

Mélanie, des violences de la nature de celles prévues et punies par l'article 311 du Code pénal.

« Ou, tout au moins, de s'être rendu complice dudit délit de violence ci-dessus spécifié, en aidant et assistant avec connaissance, l'auteur desdites violences (?) dans les faits qui les ont consommées; délit prévu et puni par les articles 58 et 60 du Code pénal. »

Rien n'était moins prouvé, nous l'avons vu. Nous estimons donc inutile de redonner ici les très insuffisants débats et plaidoyers de la correctionnelle.

Voici l'arrêt de la Cour d'appel :

« Après en avoir délibéré conformément à la Loi :

« Attendu qu'il résulte de l'instruction et des débats que l'internement ou la séquestration de la demoiselle Bastian étaient nécessités par son état mental;

« Que pendant les premières années de cet internement, les soins nécessaires ne lui ont pas fait défaut, mais qu'après la mort de son père et quoique certains documents et surtout le testament de la veuve Bastian, témoignent que celle-ci avait pour sa fille une affection, d'ailleurs intermittente et déréglée, Mélanie Bastian a été laissée pendant de longues années, dans une chambre sans air et sans lumière, sur un grabat immonde et dans un état de malpropreté impossible à décrire;

« Que si une alimentation abondante et même dispendieuse ne paraît lui avoir jamais manqué, l'absence complète de surveillance et de soins ont rendu cette précaution inutile, et que sans l'intervention opportune des magistrats, la méthode barbare qui avait présidé à son traitement n'aurait pas tardé à avoir pour elle une issue fatale;

« Attendu que ces faits ont justement excité la réprobation publique et qu'ils font peser sur la mémoire de la veuve Bastian une responsabilité morale dont on ne saurait exagérer la gravité;

« Mais attendu qu'en ce qui concerne plus particulièrement Pierre Bastian les faits de la cause ne peuvent tomber sous le coup d'une disposition pénale;

« Qu'on ne saurait, en effet, comprendre un délit de violences ou voies de fait sans violences — qu'il n'est établi contre Bastian et même à la charge de sa mère aucun acte de ce genre, en dehors des faits de séquestration dont la Chambre des Mises en accusation a écarté le principe et que, si certains jurisconsultes pensent qu'un délit d'omission peut quelquefois y suppléer, ce n'est qu'autant que cette omission porte sur un devoir incombant juridiquement à son auteur;

« Attendu que la loi du 19 avril 1898 punit, il est vrai, le fait de quiconque a privé un mineur de quinze ans des aliments ou des soins qui lui étaient dus, au point de compromettre sa santé, mais que cette loi nouvelle n'a pas été étendue aux aliénés;

« Qu'elle suppose elle-même que le mineur ainsi privé de soins était confié, tout au moins pour les recevoir, à celui qui les lui a refusés;

« Attendu qu'il n'apparaît point que Bastian ait jamais eu cette situation vis-à-vis de sa sœur;

« Que pas plus dans les dernières semaines de son existence qu'auparavant, la veuve Bastian n'a supporté aucune atteinte à son autorité absolue, surtout de la part d'un fils qui n'habitait pas avec elle, qu'elle n'aimait pas et qu'elle a déshérité;

« Que la mission qu'elle lui aurait confiée pendant cette dernière période, de veiller sur sa sœur, n'implique aucun abandon de cette autorité;

« Qu'il n'est d'ailleurs pas établi qu'elle l'ait donnée, que Bastian l'a toujours niée et que les témoignages formels, aussi bien que les actes des domestiques qui auraient dû servir à son exécution, en sont nettement exclusifs;

« Qu'en tout cas il n'est nullement démontré que ce soit avec une volonté consciente et bien délibérée que l'appelant aurait participé soit comme coauteur, soit comme complice, et en le supposant légalement criminel ou délictueux, aux actes dont sa mère paraît avoir été seule responsable;

« Que sans doute, malgré ses infirmités, d'ailleurs partielles, il n'est pas permis de croire que Bastian ait ignoré l'état lamentable dans lequel se trouvait sa sœur, et que le rôle purement passif auquel il a cru devoir se résigner, ainsi que la froide impassibilité qui ne lui a inspiré aucune démarche efficace, méritent le blâme le plus sévère;

« Que sa conduite ne tombant pas néanmoins sous le coup de la Loi pénale à laquelle les juges ne sauraient suppléer, il y a lieu pour la Cour de prononcer son acquittement.

PAR CES MOTIFS

« A l'endroit du jugement rendu le 11 octobre 1901, par le Tribunal correctionnel de Poitiers,

« Dit qu'il a été mal jugé, bien appelé;

« Réforme en conséquence ledit jugement;

« Emendant et faisant ce que les premiers juges auraient dû faire, et sans qu'il y ait lieu de faire autrement droit aux conclusions déposées :

« Renvoie Bastian des fins de la poursuite sans dépens.

« Ainsi jugé et prononcé en audience publique de la Cour d'appel, Chambre correctionnelle, à Poitiers, le 20 novembre 1901. »

L'affaire Redureau

PRÉFACE

La collection, dont voici le premier volume [1], n'est point un recueil de *Causes célèbres.* Les « beaux crimes » ne sont pas ce qui nous intéresse; mais bien les « affaires », non nécessairement criminelles, dont les motifs restent mystérieux, échappent aux règles de la psychologie traditionnelle, et déconcertent la justice humaine qui, lorsqu'elle cherche à appliquer ici sa logique : *Is fecit cui prodest,* risque de se laisser entraîner aux pires erreurs. L'affaire Redureau, par exemple, que nous exposons ici, nous montre un enfant docile et doux, reconnu parfaitement sain de corps et d'esprit, né de parents sains et honnêtes, qui, sans que l'on parvienne à comprendre pourquoi, égorge tout à coup sept personnes. « Psychologie normale », diront les médecins experts, c'est-à-dire non pathologique. Mais les ressorts de cet acte abominable ne sont ni la cupi-

1. Il s'agit ici de la collection « Ne jugez pas », publiée sous la direction d'André Gide et dont le premier volume a paru en 1930. (N. d. E.)

dité, ni la jalousie, ni la haine, ni l'amour contrarié, ni
rien que l'on puisse aisément *reconnaître* et cataloguer.

Certes, aucun geste humain n'est proprement immo-
tivé; aucun « acte gratuit », qu'en apparence. Mais
nous serons forcés de convenir ici que les connaissances
actuelles de la psychologie ne nous permettent pas de
tout comprendre, et qu'il est, sur la carte de l'âme
humaine, bien des régions inexplorées, des *terrae inco-
gnitae.* Cette collection a pour but d'attirer sur celles-ci
les regards, et d'aider à mieux entrevoir ce que l'on
commence seulement à soupçonner.

Nous donnerons, sur les affaires que nous exposerons-
rons, le plus de renseignements possible, sans crainte
de lasser le lecteur. Notre désir n'est pas de l'amuser,
mais de l'instruire. Nous nous placerons en face des
faits, non en peintre ou en romancier, mais en natura-
liste. Un récit est souvent d'autant plus émouvant
qu'il est plus sommaire; mais nous ne nous préoccu-
perons pas de l'effet. Nous présenterons, en nous effa-
çant de notre mieux, une documentation autant que
possible authentique; j'entends par là non interprétée,
et des témoignages directs.

C'est là une entreprise dont nous n'ignorons point
les difficultés. Les documents de ce genre ne sont sans
doute point tant rares, que particulièrement difficiles
à atteindre; aussi faisons-nous appel à tous ceux que
ces questions intéressent, et qui seraient à même de
nous en communiquer ou signaler d'importants.

I

Le 30 septembre 1913, le jeune Marcel Redureau,
âgé de quinze ans, et domestique au service des
époux Mabit, cultivateurs en Charente-Inférieure,
assassinait sauvagement toute la famille Mabit, et la
servante Marie Dugast : en tout sept personnes.

Rappelons d'abord, en quelques mots, de quoi il
s'agit. Le mieux est de citer cette partie de l'acte
d'accusation qui relate le crime :

« Le 1ᵉʳ octobre 1913, vers sept heures du matin,
la dame Durant, ménagère au Bas-Briacé, qui avait
coutume d'aller chaque jour s'approvisionner de lait
chez les époux Mabit, ses voisins, fut très étonnée de
trouver leur maison silencieuse et fermée.

« Sur le seuil de la porte se tenait, tout en larmes,
n'ayant pour tout vêtement que sa chemise, le petit
Pierre Mabit, âgé de quatre ans. Cet enfant, ques-
tionné, répondit que sa mère était à l'intérieur de la

maison, où elle saignait abondamment, ainsi que sa grand-mère.

« Comme la dame Durant savait que Mme Mabit était dans un état de grossesse avancée, elle crut à un accouchement prématuré et se retira discrètement. Le sieur Gohaud, à qui les propos de l'enfant venaient d'être rapportés, s'approcha à son tour de la maison, et, poussant les contrevents de la fenêtre de la cuisine demeurés entrouverts, il aperçut, étendus sur le sol de cette pièce et gisant dans une mare de sang, les corps inanimés de Mme Mabit et de Marie Dugast, sa domestique. Un autre voisin, le sieur Aubron, étant survenu à son tour, se joignit à Gohaud, et les deux hommes, pénétrant alors dans la cuisine, constatèrent que les victimes avaient la gorge coupée. Sans prendre le temps de rechercher ce qu'avaient pu devenir les autres habitants de la maison, Aubron se rendit à bicyclette à la gendarmerie de Loroux-Bottereau. Deux militaires de cette brigade se transportèrent sur-le-champ au village du Bas-Briacé et entrèrent dans la maison Mabit, où un terrifiant spectacle s'offrit à leurs yeux. Ils découvrirent en effet qu'au lieu de deux victimes, il y en avait sept, et que tous les membres de la famille Mabit, à l'exception du petit Pierre, avaient été égorgés, de même que la jeune domestique, Marie Dugast.

« Tous les corps étaient affreusement mutilés et il apparaissait avec évidence que le meurtrier, non content de donner la mort, s'était acharné sur ses victimes avec une telle sauvagerie qu'il devenait impossible de faire le compte des coups portés, tant les blessures étaient rapprochées et multiples.

.   .   .   .

« Les gendarmes, surpris de ne rencontrer nulle part dans la maison le domestique, Marcel Redureau, aussi au service des époux Mabit, se mirent à sa recherche et le découvrirent dans un pavillon inhabité, près du domicile de ses parents, à cinq cents mètres environ de la maison du crime. Comme il portait au visage et sur sa chemise des traces de sang, il fut mis en état d'arrestation, et, après quelques hésitations, il avoua qu'il était l'unique auteur de tous ces meurtres.

« Pendant toute la durée de l'information, Marcel Redureau persista dans les aveux qu'il avait faits aux gendarmes et précisa dans ses divers interrogatoires, sans émotion apparente, les circonstances dans lesquelles il avait accompli ses crimes.

« Le 30 septembre, vers dix heures du soir, Mabit et lui travaillaient ensemble au pressoir. Le patron tenait la barre qui actionne la vis du pressoir, tandis que Redureau, debout sur la plate-forme, l'aidait dans cette besogne et secondait ses efforts. Comme le domestique montrait peu d'ardeur au travail, Mabit lui fit l'obser-vation qu'il était un fainéant et que depuis quelques jours il n'était pas content de lui.

« Sur cette observation, Redureau, irrité, descendit du pressoir, et s'armant d'un pilon en bois, sorte de massue longue de cinquante centimètres qui se trouvait à portée de sa main, il en asséna plusieurs coups sur la tête de son maître qui, lâchant la barre, s'affaissa en poussant des gémissements. Voyant qu'il vivait encore, Redureau se saisit alors d'un énorme couperet désigné dans la campagne sous le nom de serpe à raisins, dont on ne se sert pas dans les vignes, mais qui est destiné à sectionner la masse des raisins entassés dans le pressoir.

« Cette arme, qu'il suffit de voir pour comprendre les terribles blessures qu'elle peut faire, se compose d'une lame très aiguisée, arrondie à son extrémité, pesant environ deux kilos cinq cents grammes, mesurant soixante-cinq centimètres de longueur et treize de largeur, supportée par un manche de bois long d'un mètre environ [1].

« A l'aide de cet instrument, Redureau ouvrit la gorge de son maître, qui râlait, et ne tarda pas à rendre le dernier soupir.

« Ce premier crime perpétré, l'inculpé affirme qu'il eut d'abord l'intention de prendre la fuite, mais que, s'étant dirigé vers la cuisine pour y reporter la lanterne

---

1. Etant donné l'arme dont se servit Redureau, les blessures ne pouvaient être bénignes. Cette arme « qui tient de la faux et de la hache » plus que du couteau, avait un ballant tel qu'il explique facilement la profondeur des plaies. Evidemment Redureau avait perdu tout son sang-froid et devait *taper comme un sourd.* Je cherchai d'abord une preuve de son inconscience momentanée dans le fait que ce fût précisément en massacrant la victime la plus tendre, et dont il avait à craindre le moins de résistance que son arme se fût brisée; mais, à la réflexion, il m'apparaît que le long manche du couteau à raisins put heurter un montant de fer ou de bois du berceau dans lequel sans doute l'enfant de deux ans reposait.

du pressoir, il avait été interpellé par Mme Mabit, occupée à des travaux de couture avec Marie Dugast, et qui lui avait demandé ce que devenait son mari. Craignant qu'elle n'allât dans le pressoir, où elle aurait découvert le cadavre de ce dernier, Redureau forma le dessein de supprimer tous les témoins du crime, de manière à s'assurer ainsi l'impunité. Sans répondre à la dame Mabit, mettant à exécution son idée, l'inculpé retourna vers le pressoir; il y prit le couperet ensanglanté dont il venait de faire usage, revint à la cuisine et assassina les deux femmes.

« La grand-mère, soit qu'elle ne dormît pas encore ou qu'elle eût été réveillée par le drame qui s'accomplissait à quelques pas d'elle, ne pouvait manquer de se porter au secours de sa bru. Il fallait qu'elle disparût à son tour. Aussi, sans perdre de temps, s'éclairant de sa lanterne, son couperet à la main, Redureau se dresse soudain devant elle et la tue.

« Restaient trois enfants, dont les cris d'épouvante étaient susceptibles d'attirer l'attention des voisins. Ils furent tous immolés; l'enfant de deux ans, trop jeune, semblait-il, pour pouvoir inquiéter le criminel, ne fut pas plus épargné que les autres, et Redureau le frappa avec tant de férocité que, de son propre aveu, c'est sur le berceau de cette dernière victime qu'il brisa le manche du couperet.

« Le petit Pierre Mabit, qui couchait dans la cuisine et qui, peut-être terrorisé, peut-être endormi, n'avait pas crié, dut à cette circonstance de n'être pas compris dans cette tuerie monstrueuse.

« Redureau prit soin de reporter dans le pressoir, où il fut retrouvé le lendemain, l'instrument homicide dont il s'était servi, et, après avoir déposé sur la margelle du puits de la cour la lanterne couverte de taches de sang, il regagna sa chambre, où il passa le reste de la nuit. Le matin, il se dirigea vers le domicile de ses parents.

« Il affirme avoir eu des remords et la pensée de se noyer dans une pièce d'eau voisine; mais, en tout cas, cette velléité fut passagère et il est permis de se demander s'il n'avait pas simplement imaginé de mouiller ses chaussures et l'extrémité inférieure de son pantalon, pour donner quelques vraisemblances à son simulacre de suicide [1].

« L'inculpé appartient à une famille honorable et nombreuse. Il n'était au service des époux Mabit que depuis quelques mois. Intelligent, pourvu du certificat d'études primaires, il passait, aux yeux de certains témoins, pour être peu communicatif et avoir un caractère sournois et rancunier. S'il faut en croire un sieur Chiron qui, l'ayant rencontré vers le milieu de juillet, le félicitait d'être entré au service des époux Mabit, qui

---

1. Les médecins-légistes ne partagent pas le scepticisme de M. le Procureur. Sur ce point (la tentative de suicide) comme sur tous les autres, Redureau — qui ne cherche nullement à atténuer sa culpabilité — leur paraît parfaitement sincère.

Remarquons également que Redureau, ses meurtres accomplis, n'a pas eu un seul instant l'idée de prendre dans l'armoire l'argent qui s'y trouvait sûrement et qui, peut-être, l'aurait aidé à fuir. Il n'a pas eu un seul instant l'idée de s'enfuir.

étaient de braves gens, Marcel Redureau avait tenu ce grave propos, que les événements n'ont que trop justifié : " Moi, je ne les aime pas, ils seraient bons à tuer; si c'était moi, je les tuerais tous, je n'en laisserais pas un. " »

Au sujet de cet unique témoignage à charge du sieur Chiron, quelques remarques. Les propos rapportés par lui indiqueraient, sinon précisément une préméditation du crime, du moins certaine disposition à le commettre, qui diminuerait grandement son étrangeté. Fouillant attentivement les pièces du procès, qu'un lecteur de la *N.R.F.* a bien voulu me procurer (et je lui en exprime ici ma très vive reconnaissance), il m'apparaît que ces propos sont de pure invention. Que M. le Président du Tribunal ait néanmoins cru devoir en faire état, passe encore. Mais, désireux d'apprécier dans quelle mesure il convenait d'ajouter foi au témoignage de M. Chiron qui les rapporte, il est proprement monstrueux que le ministère public n'ait fait assigner devant les jurés que les témoins de moralité favorables à M. Chiron, négligeant les autres, ainsi du reste que c'était son droit strict. Il est à remarquer que ces quelques personnes favorables à Chiron, à qui la Gendarmerie s'est adressée, sont 1° le charcutier à qui M. Chiron vendait ses porcs; 2° le boucher, à qui M. Chiron vendait ses animaux de boucherie; 3° un autre commerçant enfin, avec qui M. Chiron faisait des affaires depuis longtemps. Les autres témoins, et dont le témoignage était de nature à modifier grandement l'opinion des jurés, auraient montré M. Chiron comme

un honnête homme peut-être, mais « vantard » et
« imaginatif ».

« M. Chiron, dit l'un d'eux, possède une mentalité
spéciale qui le porte à raconter des choses imaginaires.
Il aime à s'attribuer un rôle dans les événements
importants du pays. » Ainsi, pour certaine loi de 1898,
qui fit époque dans cette région, Chiron n'alla-t-il pas
jusqu'à soutenir que c'était grâce à lui qu'elle avait
été votée. Le document qui emporta le vote avait été
fourni par lui à l'enquête, affirmait-il. Au sujet de
ce crime du 30 septembre 1913, qui lui aussi devait
faire date dans l'histoire locale de Landreau, Chiron
ne songe pas tout d'abord à cette phrase, qu'il ne
rapporta ou n'inventa que deux jours plus tard. Il
émet tout d'abord l'avis que le crime ne put être
commis que par un étranger.

Ajoutons encore ceci. Je disais tout à l'heure
qu'aucun des témoins défavorables à Chiron n'avait
été convoqué; je me trompais. M. Pierre Bertin, qui
témoigna pour dire, au sujet de la « mentalité spéciale » de Chiron, ce que j'ai rapporté plus haut,
n'avait été cité que *par erreur*. Voici comment : deux
Pierre Bertin figuraient à l'instruction; l'un était un
témoin favorable et c'est lui seulement que le Procureur prétendait faire entendre. Quand parut inopiné-
ment l'autre Pierre Bertin, témoin défavorable,
M. Chiron manifesta la contrariété la plus vive et la
hâte de s'esquiver.

Que l'on m'entende; que l'on me comprenne bien :
je ne prétends nullement atténuer l'atrocité du crime

de Redureau; mais lorsqu'une affaire est aussi grave, l'on est en droit d'espérer que l'accusation elle-même tiendra à cœur de présenter au regard de la justice toutes les circonstances, même celles qui pourraient être favorables à l'accusé. Surtout lorsque celui-ci est un pauvre enfant, n'ayant d'autre secours que l'assistance d'un avocat d'office.

Si j'ai longuement insisté sur ce point c'est aussi parce que l'intérêt psychologique du cas Redureau serait grandement affaibli s'il était prouvé que l'idée du crime habitait depuis longtemps l'esprit du jeune assassin, ainsi que ces propos apocryphes le donneraient à entendre. Il est à remarquer, au surplus, que c'est le seul point sur lequel proteste avec véhémence Redureau, qui, d'autre part, a fait tout aussitôt des aveux complets, reconnaissant l'exactitude de tout ce dont on l'accuse [1]. Mais ces propos, il ne les a jamais tenus; avant de commettre le crime, il n'avait jamais eu l'idée de le commettre.

II

1° M. Henry Barby écrit dans *Le Journal* (samedi 4 octobre 1913) :

1. A remarquer également l'inexactitude des journaux sur ce point comme sur tant d'autres : « Redureau, aujourd'hui, prétend qu'il n'a jamais tenu un tel langage, *mais de nombreux témoins viennent affirmer le contraire.* » (*Le Journal,* mars 1914.)

Nantes, 3 octobre (Par dépêche de notre envoyé spécial). — Je vous indiquais, hier, en terminant ma dépêche, que l'on se refusait ici à admettre qu'une simple observation de son patron ait suffi, comme le déclarait Marcel Redureau, à faire de lui l'assassin sauvagement cruel de sept personnes.

Il n'y a, en effet, chez ce gamin de quinze ans, *aucune des tares héréditaires* [2], aucun des stigmates de dégénérescence qui caractérisent le criminel-né. Marcel Redureau est le *quatrième de dix enfants, tous vigoureux, bien portants et honnêtes comme leurs parents.* Ceux-ci, petits propriétaires terriens, à la fois cultivateurs et vignerons, vivent du produit de leurs récoltes. Leur demeure se trouve à trois cents mètres à peine de la ferme Mabit. Ils sont estimés dans le pays et leurs enfants *n'ont reçu d'eux que de bons conseils et de bons exemples.*

Leur fils Marcel-Joseph-René, dont l'épouvantable forfait vient de les plonger dans le désespoir, est né le 24 juin 1896. Il a donc exactement quinze ans et trois mois. Son enfance n'eut pas d'histoire et fut celle des petits gars de la campagne qui, à peine arrivés à l'âge de raison, vont gagner leur pain au-dehors pour alléger les charges familiales.

Le maire de Landreau, M. du Boisgueheneuc, qui le connaissait beaucoup, ne peut comprendre comment il a commis son crime :

« Marcel, déclare-t-il, dont la famille vivait en excel-

2. Tous les passages en italique sont soulignés par moi.

lents termes avec les Mabit, n'avait jamais donné lieu jusqu'ici à aucune observation. Il était peut-être un peu nerveux, mais c'est tout. *On le dit aujourd'hui sournois et solitaire, j'avoue que jamais personne ne s'en était aperçu auparavant. Il ne buvait pas,* bref, rien ne pouvait laisser supposer qu'il fût capable de commettre un tel forfait. »

Son ancien maître d'école, M. Béranger, tient le même langage :

« D'intelligence moyenne, dit-il, Redureau s'est toujours bien conduit. *C'était un bon élève qui me donnait toute satisfaction. Quand il recevait une réprimande, il ne se révoltait jamais. C'était un enfant plutôt docile.* »

A onze ans, Marcel obtenait son certificat d'études et quittait l'école. Ses parents lui cherchèrent une place. Un peu frêle pour entrer chez des étrangers, ce fut chez son oncle, M. Louis Bouyer, cultivateur à la Bonnière, à deux kilomètres de Landreau, qu'il débuta comme gardien de bestiaux. *Bien sage, ni paresseux ni boudeur, son oncle le garda trois ans à son service et n'eut qu'à se féliciter de lui.*

Après avoir travaillé dix mois dans sa famille, Marcel Redureau entrait en juin dernier comme domestique à la ferme Mabit, où il remplaçait son frère aîné qui partait au régiment. Ses gages annuels étaient de trois cent soixante francs.

« Il était si peureux, déclare son père, qu'il n'osait pas sortir le soir. »

Que s'est-il passé durant ces trois derniers mois

pour que ce timide, ce doux, ce craintif se métamor-
phose en une brute ivre de sang?

Dès la découverte du crime, on pensa que le vol en
était le mobile. Dimanche dernier, M. Mabit avait
encaissé trois mille francs, produit de la vente d'une
partie de ses vendanges. La somme, qui était cependant
à portée du meurtrier, a été retrouvée intacte. Marcel
a *donc* (!) tué uniquement par vengeance.

Maintenant que la vision d'horreur du crime commence à s'estomper, les gens parlent et les langues se
délient à Landreau comme au village du Bas-Briacé,
et de ces on-dit se dégage une version inattendue.

Marcel Redureau n'aurait pas été insensible aux
charmes naissants de Marie Dugast, la jeune bonne
des fermiers. Comme lui, depuis trois mois, Marie était
au service des époux Mabit.

Or on dit au hameau que, dans la journée du crime,
Marcel Redureau aurait tenté d'abuser de la jeune
domestique, qui avait quinze ans comme lui, et son
geste lui aurait attiré une verte semonce de Mme Mabit. Le fermier aurait joint ses admonestations sévères
et justifiées à celles de sa femme. Mais est-ce bien exact?

Quoi qu'il en soit, la parole est maintenant à l'enquête judiciaire. M. Mallet, Juge d'instruction, chargé
d'instruire le crime, a écrit au bâtonnier de l'ordre de
Nantes pour lui demander de désigner un avocat pour
assister Marcel Redureau. Mᵉ Abel Durand a été
désigné par le bâtonnier.

Henry Barby.
(*Le Journal,* samedi 4 octobre 1913.)

2° Le correspondant du *Temps* écrit à son journal :

Les obsèques des victimes du crime de Landreau ont été célébrées hier à trois heures, au milieu d'une assistance nombreuse. Le juge de paix a apposé les scellés dans la maison funèbre.

Le maire de Landreau a déclaré qu'il connaissait beaucoup Redureau et que *rien n'indiquait chez ce jeune homme une telle prédisposition. Il n'était pas sournois, ni solitaire* comme on se plaît maintenant à le prétendre. Il avait même des amis. *Il ne buvait pas.*

Depuis quelque temps cependant, Redureau s'était attiré quelques observations de la part de son patron. Peut-être ces observations l'ont-elles irrité au point de lui faire perdre la tête.

D'autre part, l'ancien maître d'école de Redureau déclare que celui-ci, quoique d'intelligence moyenne, *était un bon élève, qui lui donnait toute satisfaction.* Il a passé avec succès son certificat d'études. L'instituteur, lui aussi, a été très surpris par la nouvelle du crime.

Les médecins légistes déclarent avoir rarement rencontré un tel acharnement. Il leur est impossible de se rendre compte, sur certains cadavres, de l'ordre des coups et de leur nombre. Redureau a dû frapper cinquante ou soixante fois les sept personnes qu'il a tuées.

L'arme dont il s'est servi est une serpe à raisins mesurant cinquante centimètres. Le manche est plus long que la lame. Cette lame est recourbée comme un sabre turc et ressemble à un yatagan.

L'assassin a passé une nuit très calme à la prison de Nantes. N'ayant pas encore de défenseur, il ne sera probablement pas interrogé avant lundi.

(Le Temps, le 4 octobre 1913.)

3° *Le Temps* encore publie l'information suivante :

Notre correspondant de Nantes nous écrit :

Le bâtonnier de l'ordre des avocats à désigné Me Abel Durand comme défenseur de Marcel Redureau. Redureau tombe sous l'application des articles 66 et 67 du Code pénal, ainsi conçus :

Art. 66. — Lorsqu'un accusé aura moins de seize ans, et s'il est décidé qu'il a agi sans discernement, il sera acquitté, mais il sera, suivant les circonstances, remis à ses parents ou conduit dans une maison de correction, pour y être élevé et détenu pendant un laps de temps qui ne dépassera pas sa vingtième année.

Art. 67. — Si, au contraire, l'accusé a agi avec discernement, il faut distinguer suivant la peine qui le frappe. Si c'est la peine de mort, ou celle des travaux forcés à perpétuité, il est condamné à la peine de dix à vingt ans d'emprisonnement dans une maison de correction. S'il a encouru la peine des travaux forcés à temps ou la réclusion, il est condamné à être enfermé dans une maison de correction pour un temps égal au moins au tiers et au plus à la moitié du temps pour lequel il aurait pu être condamné.

Ainsi, la peine la plus forte que le criminel de Landreau peut encourir est de vingt ans de prison.

Les mobiles envisagés depuis le crime disparaissent un à un. On avait pensé au vol, parce que le patron de Redureau avait touché dimanche deux mille francs, produit de la vente de son vin. *L'argent a été retrouvé intact. Cette hypothèse est donc écartée. L'idée d'un crime passionnel ne semble pas non plus devoir être retenue.* Reste la vengeance, le ressentiment de Redureau contre son patron qui l'aurait rudoyé. C'est, semble-t-il, de ce côté que le Juge d'instruction va diriger ses investigations.

En attendant, le prisonnier se montre toujours très calme, inconscient en apparence du crime horrible dont il est l'auteur. *Il mange et dort bien et les remords ne paraissent pas l'obséder.* Vendredi après-midi, il a reçu la visite de son avocat avec qui il a eu un assez long entretien.

(*Le Temps,* 5 octobre 1913.)

III. RAPPORT DES MÉDECINS-LÉGISTES

Je cède à présent la parole aux médecins légistes (MM. A. Cullerre et M. Desclaux). Leur rapport est si important que l'on me saura gré, je l'espère, de le citer presque tout au long :

« Ce qui caractérise cet horrible drame, c'est que sa genèse n'emprunte rien aux conditions étiologiques habituelles de la criminalité juvénile. Ce n'est le pro-

duit ni de l'hérédité, ni de l'influence du milieu : son
auteur n'a pas d'antécédents héréditaires de mauvais
aloi; il a été élevé dans un milieu irréprochable et n'a
reçu que de bons principes et de bons exemples. Ce
n'est pas davantage la conséquence d'une de ces tares
régressives si fréquentes chez les jeunes criminels, la
malfaisance instinctive, l'anesthésie psychique, l'absence de sens moral : rien, en effet, dans les anamnes-
tiques du jeune assassin n'autorise cette hypothèse. Il
est remarquable qu'aucune des personnes au milieu ou
sous les yeux desquelles il a été élevé n'est venue le
présenter à l'audience comme un enfant taré au point
de vue mental. Tous ceux qui le connaissent ou l'ont
pratiqué se sont accordés à dire qu'il est très intelligent, bon travailleur et qu'on ne lui connaît aucun
vice. Un point cependant qui a, certes, son importance
doit être signalé : il y a presque unanimité parmi les
témoins pour lui reconnaître un caractère renfermé, un
peu difficile et sournois [1].

« Ce n'est pas davantage un dégénéré au sens soma-
tique du mot, en dépit des descriptions fantaisistes
qu'on a pu lire dans certains des journaux qui ont
rendu compte du procès. " Ce gamin, dit l'un d'eux, est
presque un enfant dont le développement physique ne
serait pas complet. Si la balustrade qui sépare le banc

---

1. Un autre trait de caractère, que je m'étonne de ne
point voir relever ici, et sur lequel je me propose de
revenir : Marcel Redureau, d'après certains, serait *peureux;*
d'une peur peut-être réductible à une « nervosité » excessive.

des accusés du prétoire n'était à claire-voie, on ne le verrait pas quand il se tient assis et, debout, il est haut comme une botte. " Or, la taille de Redureau est de 1 m 584, dépassant de cinq centimètres la moyenne de Quételet pour les garçons de seize ans. Le même journal continue ainsi : " La tête est grosse avec des cheveux blonds dont les mèches tombent sur un front bas et bombé. Le profil avec un nez droit sur une bouche largement fendue, est fuyant [1]. " Pas un de ces détails n'est exact et ne répond à la réalité. Le front n'est ni bas ni particulièrement bombé, encore moins fuyant. La tête et la face, dans leur ensemble, sont d'une conformation très régulière; on n'y découvre pas le moindre stigmate de Morel. Même erreur à propos des oreilles que l'article en question déclare " énormes ". Elles ont, d'après la fiche anthropométrique, une hauteur de 6 cm 8; elles sont absolument symétriques, bien proportionnées, bien ourlées, ne se détachant pas du crâne. La seule particularité qu'elles présentent est la présence du tubercule de Darwin qui, sans doute, est une exception, mais non pas une anomalie.

« Un autre journal se rapproche davantage de la vérité quand il fait de l'assassin le portrait suivant : " Blond, très blond même, avec des yeux bleus, il est plutôt gentil garçon; il est loin d'avoir la face de brute qu'on s'accorde d'ordinaire à attribuer aux assassins [2]. "

---

1. Ce journal n'est autre que *Le Temps* (2 oct. 1913) et je ne veux pas de meilleur exemple des erreurs que peut causer la prévention.
2. *Le Phare de la Loire,* 2 octobre 1913.

« Ce garçon est un renfermé, un sournois : c'est tout ce qu'on a pu trouver pour expliquer son crime. Et encore, avant ce jour-là, personne peut-être ne se fût avisé d'incriminer son caractère. Ses parents ne l'ont jamais connu sous cet aspect; l'instituteur qui lui a fait la classe pendant six ans, pas davantage.

« L'impulsivité propre aux années climatériques de l'adolescence, le formidable instrument de mort qu'on appelle dans ce pays un *couteau à raisins,* qui tient de la faux et de la hache et s'est trouvé sous sa main, telles sont sans doute les circonstances déterminantes de cette épouvantable tuerie.

« Le crime accompli par le jeune Redureau est un des plus effroyables qui se puisse imaginer. Le 30 septembre 1913, vers dix heures et demie du soir, alors qu'il était occupé au pressoir avec son patron, ce dernier lui ayant fait des reproches sur son travail, il l'assomma avec un pilon, puis l'égorgea avec le couteau à raisins. Après quoi, il se rendit à la maison d'habitation où il tua successivement de la même manière la dame Mabit, sa servante, sa belle-mère et trois de ses enfants, s'acharnant sur ses victimes avec une violence inouïe. Nous n'insisterons pas davantage ici sur la description détaillée du drame dont nous nous réservons d'étudier ultérieurement toutes les circonstances.

« Nous avons recueilli auprès des parents mêmes de l'inculpé les renseignements suivants sur ses antécédents héréditaires et personnels :

« Il n'y a eu, chez les ascendants directs, ni parmi

leurs ancêtres, ni chez les collatéraux des deux branches aucune affection vésanique ou convulsive. On n'y trouve pas non plus d'originaux, d'individus bizarres, ni d'alcooliques.

« Le père et la mère sont bien portants, de constitution robuste. Ils n'ont fait aucune maladie grave ayant intéressé leur constitution physique ou leurs fonctions cérébrales.

« Ils ont eu onze enfants, dont dix sont vivants, six garçons, quatre filles. L'aînée, une fille, a vingt et un ans et la plus jeune vingt mois. Le troisième, un garçon, est mort quatre jours après sa naissance. L'inculpé est le cinquième dans l'ordre des naissances. Les grossesses et les accouchements de la mère ont été normaux. Aucun des enfants n'a eu de maladies graves, soit générales, soit intéressant le système nerveux ou les fonctions cérébrales. Ils sont tous robustes et n'ont jamais donné d'inquiétude relativement à leur santé.

« A part quelques petites indispositions de l'enfance, Marcel, l'inculpé, n'a fait d'autre maladie qu'une crise rhumatismale en septembre 1912; alors qu'il était en service chez M. B..., il fut pris de fièvre et de douleurs dans les articulations, principalement les genoux qui, pourtant, n'enflèrent pas. Il ne fut que huit jours malade et se remit au travail quinze jours après le début de la maladie.

« Il est intelligent et a reçu le certificat d'études primaires. Personne n'a jamais eu à se plaindre de lui sous aucun rapport; pas plus ses patrons que ses camarades ou les gens du pays. Il n'a jamais manifesté de mauvais instincts. Il n'est pas batailleur, ne s'est jamais montré cruel envers les animaux.

« Les parents reconnaissent qu'il est un peu nerveux, vif, espiègle, mais sans méchanceté. Il est peureux dans le sens général du mot [1]. Sur ce point, ainsi que sur le caractère, ils ne peuvent préciser davantage. Marcel n'avait aucun goût pour la dissipation, ne buvait pas, et passait ses jours de congé à jouer avec ses camarades. Ils n'ont point constaté qu'il eût un goût immodéré pour la lecture. Il avait passé chez eux le dimanche précédent et ils n'avaient rien remarqué d'insolite en lui. Il ne s'est jamais plaint devant eux de son

---

1. Certains témoins ont insisté sur cette disposition de Redureau à la peur, et je dois dire qu'elle m'a particulièrement frappé. J'ai pu observer, en éduquant un jeune chien nerveux et froussard, comment la peur se transforma tout naturellement chez lui en méchanceté. Ce chien, sursautant au moindre bruit insolite, entrait aussitôt en état de défense... Je crois volontiers que chez Redureau, c'est la peur qui lui fit à ce point perdre la tête. Si l'embryologie, ainsi que le faisait remarquer très éloquemment Agassiz *(De la classification en zoologie)*, fut d'un extraordinaire secours pour éclairer certains rapports jusqu'alors insoupçonnés entre des espèces animales très différentes en apparence, je crois que, de même, il peut être particulièrement instructif d'étudier certains sentiments à l'état pour ainsi dire embryonnaire. La peur est sans doute l'embryon de cette brève folie qui poussa Redureau au crime. Un mien neveu, qui se conduisit en héros durant la guerre, reste convaincu que c'est ce même sentiment de peur qui souvent put affoler tel soldat jusqu'à obtenir de lui des actes analogues à celui du jeune Redureau, actes qui lui valurent alors la croix de guerre.

patron Mabit. Le crime les étonne profondément et ils ne trouvent rien pour l'expliquer.

« Si nous rapprochons ces renseignements de ceux que nous trouvons dans le dossier de la procédure et qui émanent, soit des autorités, soit des témoins interrogés à l'instruction, nous constatons qu'ils n'en diffèrent sur aucun point capital.

« Le juge de paix du Loroux-Bottereau, dans le bulletin de renseignements qu'il a délivré sur le prévenu, déclare qu'on ne lui connaît aucun défaut essentiel, mais qu'il est d'un caractère " un peu nerveux, sournois parfois ".

« L'instituteur qui l'a élevé a déposé : Marcel Redureau était d'une intelligence un peu au-dessus de la moyenne, bon élève, rarement puni. Pendant qu'il fréquentait l'école, il n'a donné lieu à aucune plainte. Il avait assez bon caractère et ne paraissait pas être sournois. Il avait une bonne conduite. Il n'a donné lieu à aucune remarque défavorable au point de vue de la probité et de la moralité.

« Aucune des dépositions des témoins ne s'écarte sensiblement de celle de l'instituteur, sauf sur un point : le caractère.

« Le témoin B..., son oncle, qui l'a eu chez lui de onze à quatorze ans, n'a pas eu à se plaindre de lui, mais il était peu causeur et avait un caractère sournois.

« Le témoin C..., voisin du précédent, qui a très bien connu Marcel, a déposé qu'il avait une bonne conduite, qu'il était bon travailleur, mais qu'il avait le caractère

" très renfermé " et que, souvent, quand on lui adressait la parole, il ne répondait pas.

« Le témoin Br..., qui l'a eu à son service, le déclare
très intelligent, mais lui trouve " un caractère sournois,
très indépendant ".

« Tous les autres témoins insistent sur cette particularité du caractère de l'inculpé, mais aucun ne four-
nit, sur ses tendances et sa moralité, de renseignements
défavorables.

« Mme Br..., femme du témoin précédent, n'a fait
aucune observation défavorable sur son caractère, sur
son travail ou sa conduite et ne s'est point aperçue qu'il
fût violent.

« Il y a une déposition qui, si elle est véridique, fait
nettement ressortir les défectuosités du caractère de
Marcel Redureau : c'est celle du témoin Ch... Ayant
rencontré l'inculpé vers la mi-juillet et ayant appris
qu'il était placé chez les Mabit, il l'en félicita, ces gens
étant " de bon monde ". Mais l'inculpé aurait répondu : " Moi, je ne les aime pas; ils seraient bons à
tuer; si c'était moi, je les tuerais tous; je n'en laisserais
pas un. " Le témoin ajoute que Redureau " parlait d'un
ton très dur et paraissait sous l'influence d'une contrariété ". Ce propos, tenu sous l'influence de la colère,
trahirait incontestablement une humeur violente et
vindicative. Toutefois, nous ne devons pas oublier que
l'inculpé nie énergiquement l'avoir tenu.

« En somme, la seule remarque qui ait été faite sur
la mentalité de Redureau concerne son caractère.
Encore n'y a-t-il pas sur ce point unanimité. L'institu-

teur, bien placé cependant pour apprécier le caractère d'un enfant qu'il a pu suivre pendant cinq ou six années, n'a pas remarqué qu'il fût sournois; de même son père s'est refusé à reconnaître " qu'il fût sournois et rancunier ".

« Une remarque faite par Mme Br..., l'un des témoins précédemment cités, est qu'il lisait beaucoup, sans qu'elle pût dire quelles lectures il faisait. Le témoin J..., dans sa déposition : " J'ai appris seulement aujourd'hui qu'il se livrait à de mauvaises lectures ", n'était sans doute que l'écho du témoin précédent. Nous avons pu nous rendre compte, d'ailleurs, que cette particularité n'était pas de nature à retenir notre attention et que les lectures de Redureau se bornaient à un journal régional et à l'almanach. Jamais, notamment, il n'a lu de ces romans populaires dont la matière favorite se compose d'histoires de crimes et d'assassinats.

« Redureau avait quinze ans et quatre mois le jour où il a commis les meurtres qui lui sont reprochés. C'est un garçon d'une taille de 1 m 584, d'aspect bien portant, d'apparence normale, sans signes patents de dégénérescence. Il n'y a aucune déformation du crâne ni de la voûte palatine. Les oreilles sont bien conformées. Le cœur et les poumons sont sains; la rate et le foie de dimensions normales. Le système musculaire est assez bien développé; la motilité, en général, ne présente aucun trouble. La sensibilité générale, sous ses différents modes, toucher, douleur, chaud, froid, est intacte. Les organes des sens ne sont le siège d'aucune anomalie; notamment le sens des couleurs n'est pas altéré. Les réflexes examinés selon la méthode clinique habituelle répondent à l'état physiologique.

« Son attitude devant nous est celle d'un enfant intimidé. On a de la peine à lui faire lever les yeux. Il parle d'abord à voix basse et presque uniquement par monosyllabes; mais, en insistant, on obtient des réponses plus explicites. Le personnel de la maison d'arrêt, pendant sa longue détention, n'a rien remarqué chez lui d'insolite au point de vue mental, sinon qu'il prend facilement une attitude renfrognée et boudeuse lorsqu'on lui fait quelque observation. Il participe à la vie commune et se plie à la règle comme les autres détenus.

« Sa sensibilité morale n'est pas troublée. Il verse des larmes quand on évoque le souvenir de sa mère ou de l'un de ses frères qui vient de partir en Algérie pour faire son service militaire. Au sujet des actes qu'il a commis, il exprime des regrets qui paraissent sincères. Nous verrons plus loin qu'il n'ignore pas le remords.

« Il répond pertinemment à toutes les questions que nous lui posons. Il est bien orienté dans le temps et dans l'espace. Il fait preuve, dans ses paroles, d'intelligence et de bonnes connaissances primaires relativement à l'histoire, la géographie, la grammaire et le calcul. Toutes les réponses qu'il nous fait au sujet de sa vie passée, de ses patrons, de son travail, de ses salaires, sont exactes ou plausibles.

« Il n'a jamais été porté aux excès de boisson et ne

s'est jamais mis en ribote, de sorte qu'on ne peut dire comment il serait, s'il s'enivrait par hasard. Il fréquentait les garçons de son âge et se rencontrait avec eux le dimanche pour jouer aux cartes; les gains ou les pertes ne dépassaient pas dix sous. Il n'allait pas au cabaret.

« Il n'a jamais fréquenté les filles et n'a jamais eu de rapports sexuels. Il était camarade avec la jeune domestique de ses patrons, mais il n'éprouvait pour elle aucun sentiment particulier et ne l'a jamais courtisée.

« Il n'a jamais ressenti de préoccupations émotives et n'a jamais eu ni obsessions, ni idées fixes. Quelles que soient nos questions dans cet ordre d'idées, nous n'obtenons que des réponses absolument négatives.

« Cependant, particularité déjà signalée par son père, il reconnaît qu'il est peureux. Le soir, il redoute l'obscurité et ne sait s'il serait capable d'aller la nuit faire une commission loin de son domicile. Si on lui en eût donné l'ordre, " il n'aurait pas voulu y aller "; c'est une impression vague, indéfinie, qui n'a rien d'électif ni de systématisé, ni qui réponde à ce qu'on désigne en psychiatrie sous le nom de *phobie*; il ne croit pas aux revenants, il n'aurait pas peur de passer près d'un cimetière, il ne craint pas les sorciers et n'en connaît pas dans son pays. En un mot, il est peureux purement et simplement, d'une façon peut-être excessive pour un garçon de son âge, mais si c'est là un indice de nervosité, ce n'est pas un signe relevant de la pathologie.

« Interrogé sur ses sentiments vis-à-vis de son patron et de sa famille, il déclare formellement n'avoir jamais eu à se plaindre d'eux ni nourri vis-à-vis d'eux des sentiments de rancune ni de haine. Il s'entendait bien avec la patronne et la jeune servante. Depuis les vendanges seulement, le patron parlait fort quelquefois et lui disait des injures. Il nie formellement le propos que lui attribue le témoin Ch..., duquel il résulterait qu'il éprouvait depuis longtemps pour eux du ressentiment et nourrissait des idées de vengeance à leur égard.

« Nous insistons beaucoup pour savoir si, dans la journée du crime, il n'avait pas fait quelque excès inusité de vin, pour soutenir ses forces. Il résulte de ses réponses, provoquées à diverses reprises et demeurées invariables, qu'il n'a pris du vin qu'aux heures réglementaires des repas et en quantité normale, environ deux verres chaque fois; c'était du vin rouge. Avant de souper seulement, il a bu, avec son patron, deux coups de vin blanc bouché. Ce renseignement est conforme aux données fournies par l'instruction. On a en effet trouvé dans le cellier une bouteille de vin blanc à laquelle manquait un tiers de son contenu. Il affirme donc, et nous croyons que la chose peut être tenue pour exacte, qu'il n'était pas sous l'influence d'une excitation alcoolique au moment du drame.

« En ce qui concerne le crime, ses explications sont invariables. Son patron Mabit et lui faisaient fonctionner le pressoir. Mabit était à la barre et Redureau sur la plate-forme pour réparer la vis. Comme il n'arrivait pas assez vite à exécuter le travail commandé, le patron lui fit une scène, lui criant « " qu'il était un maladroit, un *feignant,* que depuis huit jours il ne travaillait pas bien ". C'est alors qu'il descendit du pressoir et que, s'armant du pilon qui était à sa portée, il porta à Mabit, par-derrière, des coups sur la tête. Mabit lâcha la barre et tomba sur le sol. Comme il poussait des gémissements, Redureau, après l'avoir un instant regardé, saisit le couteau à raisins (longue et large lame très aiguisée, longue de 65 centimètres et large de 13, pesant environ 2 kg 500) et lui coupa la gorge.

« Ensuite, il prit la lanterne et se dirigea vers la maison où il croyait trouver tout le monde couché. Mais, en arrivant dans la cuisine, il vit Mme Mabit et la domestique qui étaient à travailler auprès de la table. Il eut d'abord l'intention de fuir, mais la patronne lui ayant demandé où était son mari, il sortit sans répondre, alla s'emparer du couteau à raisins resté dans le cellier, rentra et en frappa la domestique d'abord, ensuite Mme Mabit; elles lui tournaient le dos; elles n'ont pas eu le temps de parler; elles n'ont crié qu'au moment où elles ont été frappées. " J'ai, dit-il, frappé la domestique au cou; elle est tombée tout de suite, et j'ai frappé la patronne également au cou et elle est tombée. Lorsqu'elle a été à terre, je lui ai donné un coup de couteau dans le ventre. " Dans les deux chambres voisines, la grand-mère couchée dans l'une et trois des enfants couchés dans l'autre, réveillés par le bruit, se mirent à crier. Alors il prit sa lanterne, alla d'abord dans celle de la grand-mère qu'il frappa à la gorge : " Elle n'a rien dit; elle n'a pas eu le temps. " Il passa ensuite dans l'autre chambre : " J'ai porté un coup à la gorge de l'une des fillettes qui criait, et sa sœur, qui était couchée auprès d'elle, s'étant réveillée à ce moment, je lui ai également porté un coup de couteau. L'enfant qui était couché dans son berceau ayant été réveillé par le bruit se mit à crier aussi; alors je l'ai tué [1]. " Le manche de l'outil, au dernier coup, se cassa. Redureau en reporta les morceaux dans le cellier, près du pressoir, où ils furent retrouvés. Un petit garçon, qui était couché dans la cuisine, échappa seul à la boucherie.

« L'explication que l'inculpé donne de cet horrible drame a toujours été la même : pour le patron, il a cédé à une violente colère. Une fois le meurtre accompli, quand il revint à la maison, il était très ému, ne sachant trop ce qu'il faisait. Quand la patronne lui demanda où était son mari, il perdit la tête. L'idée lui vint qu'elle allait aller dans le cellier et découvrir son crime, alors il voulut en faire disparaître tous les témoins.

« Voici ses réponses textuelles : " J'avais peur que la patronne vienne voir son mari dans le cellier..., j'ai frappé la domestique parce qu'elle était avec la patronne..., j'ai frappé les autres parce qu'ils criaient. " La véracité de ces réponses semble corroborée par la suivante, qui en atteste la sincérité : " Je n'ai pas touché au petit Pierre parce qu'il n'a rien dit et qu'il dormait. "

---

1. Pour passer d'une pièce dans l'autre, il s'éclairait à l'aide de la lanterne du pressoir, qu'il avait rapportée, la lampe qui éclairait la patronne et la servante ayant été renversée dès le début du drame.

« Au sujet de la multiplicité et de la violence des coups portés aux victimes (crânes fracassés, faces et cous hachés, colonnes vertébrales sectionnées), il ne peut fournir aucune explication; il ne peut dire non plus pourquoi il a ouvert le ventre de la femme Mabit qui était près d'accoucher. Il proteste seulement qu'il n'a obéi à aucune pensée obscène ou sadique. Cet acte est de même nature que les autres et ne relève que de la colère.

« Lorsqu'il eut déposé le couteau et son manche brisé dans le cellier, il monta à sa chambre et s'assit. Peu à peu il reprit son sang-froid et comprit la gravité de ce qu'il venait de faire. Alors il en eut regret. " J'ai eu des *remords,* dit-il, et j'ai voulu me suicider. " Il y avait une heure environ qu'il était dans sa chambre quand il en descendit pour aller se noyer dans un étang à cinquante mètres de la maison. Il entra dans l'eau, fit quelques pas, mais le courage lui manqua et il revint dans sa chambre; il y resta jusqu'au petit jour. C'est alors qu'il se rendit chez ses parents où on l'arrêta.

« La tentative de suicide paraît plausible; elle est en harmonie avec les remords éprouvés par l'inculpé; elle semble établie par ce fait qu'on a trouvé dans sa chambre un pantalon mouillé. Pour tout dire, sa version nous paraît sincère; tout s'y tient d'une façon logique et il ne cherche pas à atténuer sa culpabilité.

« Elle nous paraît, en outre, établir nettement qu'il a eu pleine conscience des faits accomplis et de sa responsabilité. S'il a éprouvé des remords, c'est qu'il sait discerner le bien du mal, et il le sait d'autant mieux qu'il est d'une intelligence non seulement normale pour son âge, mais même, d'après l'instituteur qui l'a élevé, au-dessus de la moyenne. Il ne peut donc y avoir doute sur la question de discernement au sens légal du mot.

« L'exposé qui précède démontre que Redureau ne présente aucun trouble mental actuel. Il tend aussi à établir qu'au moment où il a commis les meurtres qui lui sont reprochés il n'était pas sous l'influence d'un état mental pathologique. Toutefois, ce point demande à être examiné de plus près.

« Le nombre des victimes, la manière dont le meurtrier s'est acharné sur elles, la fureur qui a guidé son bras, évoquent *a priori* l'idée de quelque délire transitoire subit comme on en observe quelquefois dans les états épileptiques larvés et exceptionnellement dans certains états d'intoxication. Mais c'est une hypothèse à laquelle nous ne pouvons nous arrêter pour les raisons suivantes : Redureau n'a jamais manifesté le moindre symptôme pouvant se rattacher à l'épilepsie. Il n'était sous l'influence d'aucune intoxication, d'aucun trouble délirant, jouissait de toute son intelligence et a conservé la pleine conscience de tous ses actes pendant la fatale soirée. Or, l'amnésie est le symptôme pathognomonique de ces délires transitoires et un individu ayant agi dans un état de trouble mental épileptique ou épileptoïde n'eût pas gardé le souvenir des faits accomplis ou n'en eût gardé tout au plus que quelques vagues et confuses parties.

« La déposition du témoin Ch..., d'après laquelle l'inculpé aurait, deux mois et demi avant le crime, exprimé l'idée que " ses patrons étaient bons à tuer ", soulève, au point de vue psychiatrique, une nouvelle hypothèse : Redureau n'était-il pas hanté depuis long-temps par l'idée obsédante de tuer son patron? N'au-rait-il pas succombé à une impulsion irrésistible au meurtre comme il en existe quelques cas dans la science?

« Mais, d'une part, Redureau nie le propos. D'autre part, nous avons vu qu'il n'avait jamais été hanté par une idée fixe de nature quelconque, et, qu'elles qu'aient été nos investigations sur ce point, ses réponses ont toujours été négatives. D'ailleurs, dans la bouche d'un obsédé, le propos attribué à Redureau serait invrai-semblable. L'individu que tourmente l'impulsion au meurtre souffre moralement de cette obsession : s'il récrimine, ce n'est pas contre sa future victime, mais contre lui-même : il s'accuse, il ne condamne pas. Redureau n'a donc pas succombé à une idée fixe, ni obéi à une impulsion consciente irrésistible.

« Nous avons recherché dans quelles conditions phy-siques se trouvait l'inculpé au moment du crime. N'était-il pas surmené, fatigué, en état de moindre ré-sistance organique et nerveuse? Le travail des ven-danges est assez rude et nous savons, par une enquête faite sur notre demande, qu'il commençait chez Mabit à cinq heures du matin, pour ne finir qu'à dix heures du soir sans autre repos que les moments consacrés aux repas. Mais il résulte aussi de cette enquête que les vendanges ont été faites en plusieurs périodes séparées par des intervalles de repos. Elles ont eu lieu aux dates suivantes : 17, 18, 19 septembre; interrompues les 20, 21 et 22 pour être reprises du 23 au 27. Le dimanche 28, il y eut repos. Le 29, elles n'ont duré qu'une partie de la journée, et le 30, jour du crime, toute la journée. Il en résulte que ce travail, bien que pénible pour un adolescent de quinze ans, a été interrompu à plusieurs reprises et ne s'est pas poursuivi dans les conditions qui eussent pu produire du surmenage physique et un véritable épuisement nerveux [1].

---

1. Mᵉ Durand, l'avocat défenseur, fait remarquer néanmoins : « Les vendanges ont été faites en plusieurs périodes séparées par des intervalles de repos, dirent les experts. C'est exact. Mais quels intervalles? Si nous prenons les dates relevées par les experts et fournies par M. Mabit, le frère de la victime, voici ce que nous constatons :

« Les vendanges ont commencé le mercredi de la 3ᵉ semaine de septembre. On leur a consacré 3 jours de cette semaine : les mercredi, jeudi et vendredi, soit les 17, 18 et 19 septembre. Alors se produit une interruption de quelques jours, mais la semaine suivante, le travail reprend le mardi et dure jusqu'au samedi inclus. Le repos dominical est respecté, puis le lundi après-midi on revient aux vendanges. Le mardi 30 dès 5 heures du matin, le domestique était à l'œuvre avec son maître, il y était encore à 10 h 1/2 du soir.

« Car quelle était la durée de la journée du travail?

« Le travail commençait chez les Mabit à 5 heures du matin. Il n'était interrompu que par les repas. Il se terminait au plus tôt à 10 heures du soir.

.   .   .   .

« La loi limite à dix heures la journée de travail des enfants de son âge dans les établissements industriels. Ses journées à lui étaient de quatorze à quinze heures.

« Au cours de notre expertise, M. le Juge d'instruction a reçu et nous a communiqué une lettre anonyme appelant son attention sur l'action troublante qu'exerce " la vapeur du vin dans les pressoirs où on le fait et où on le cuve " sur le cerveau des hommes occupés à ce travail. Bien que nous n'ayons, médicalement, aucune raison de penser que cette cause ait pu intervenir dans le crime de Redureau, nous avons procédé à une enquête auprès des personnalités médicales compétentes, mais nous n'avons reçu que des réponses négatives. Aucun des médecins consultés n'a observé d'excitation cérébrale pouvant être attribuée au dégagement des vapeurs du vin. Cela s'explique si l'on remarque que ce sont beaucoup plus des gaz stupéfiants que des vapeurs excitantes que dégage le moût en fermentation. Les gaz carboniques y prédominent et leurs propriétés sont de déterminer l'asphyxie, non l'ivresse furieuse.

« D'ailleurs, en ce qui concerne Redureau, il est

« Je n'accuse pas Mabit d'avoir été un maître inhumain, il se conformait chez lui aux habitudes du pays qu'il habitait. Il se les imposait à lui-même. Mais il faut ici tout dire : Il pouvait les imposer à des journaliers de 25 à 30 ans; il commettait une erreur lorsqu'il imposait le même régime au valet de 15 ans. Je ne contredis donc pas les experts lorsqu'ils viennent déclarer avec l'autorité qui leur est propre que le travail des vendanges n'avait pas produit chez l'accusé un état d'épuisement nerveux. Mais quand ensuite, je lis dans leur rapport que l'explication des actes commis par Redureau doit être recherchée dans une disposition particulière d'irritabilité, le surmenage m'apparaît manifestement comme l'une des causes qui avaient porté à l'état aigu cette irritabilité. »

établi que, depuis le commencement des vendanges, il passait la plus grande partie des journées au grand air, dans les vignes; que le travail du pressoir ne l'occupait que quelques heures par jour et que, le soir du crime, il n'avait pas séjourné plus d'une heure et demie dans le cellier. Il est lui-même très affirmatif sur ce point qu'il n'était ni troublé, ni excité, ni ivre quand il a frappé son patron.

« En définitive, *ce n'est pas dans la psychopathologie, mais bien dans la psychologie normale de l'adolescent* qu'il faut chercher le véritable déterminisme des actes commis par l'inculpé. C'est une notion classique que l'époque du développement de la puberté se signale par de profondes modifications, non seulement des fonctions organiques, mais encore des fonctions psychiques : sensibilité, intelligence et activité volontaire. En même temps que la résistance physique diminue, et que le corps présente moins d'immunité contre les influences morbifiques, il se produit une sorte de rupture momentanée de l'équilibre mental avec développement excessif du sentiment de la personnalité, susceptibilité exagérée, hyperesthésie psychique. On voit se manifester une véritable tendance à la combativité et une exagération remarquable de l'impulsivité et des tendances à la violence. L'adolescent est très sensible aux louanges, et, par contre, ressent beaucoup plus vivement les blessures d'amour-propre; les impressions qui arrivent à son cerveau se transforment plus irrésistiblement en incitations motrices, c'est-à-dire en actes impulsifs. Les spécialistes qui se sont occupés de la psychologie de la puberté ne manquent pas de remarquer que c'est vers la quinzième année que, dans les établissements d'éducation, on rencontre le plus grand nombre de sujets passibles de punitions pour mauvaise conduite, altercations et voies de fait, parce que chez les jeunes gens arrivés à cet âge, les premiers mouvements ne trouvent que peu de frein, et que l'irréflexion est la principale caractéristique de leur état mental. C'est dans cet ordre d'idées que la science trouve aujourd'hui la principale cause prédisposante de la criminalité contre les personnes chez les adolescents à l'époque de la puberté.

« Ce qui précède permet de comprendre à quel degré de violence peuvent en arriver certains mouvements passionnels de l'adolescent et combien il faut se garder d'appliquer à leur interprétation un critérium tiré de la mentalité de l'homme adulte.

« Normalement donc, certains actes difficilement explicables, comme ceux qui sont reprochés à l'inculpé, peuvent être la conséquence d'un *état mental qui ne relève en rien de la pathologie,* qui, en un mot, est physiologique. Ajoutons que Redureau, sans être un taré au point de vue psychique, est incontestablement possesseur d'un tempérament nerveux et qu'il semble établi, par de nombreux témoignages, qu'il est d'un caractère particulier qualifié de " sournois ", et qui pourrait, sans doute, tout aussi bien se traduire par la qualification de " susceptible et vindicatif "; circonstances qui ont certainement favorisé chez lui l'explosion de l'impulsivité et de la violence.

« En conséquence, nous répondons ainsi qu'il suit aux questions qui nous sont posées :

1° Redureau Marcel n'était pas en état de démence au sens de l'article 64 du Code pénal lorsqu'il a commis les actes qui lui sont reprochés;

2° Au moment du crime, il jouissait d'un discernement normal et d'une entière conscience de ses actes;

3° L'examen psychiatrique et biologique ne nous a révélé chez lui aucune anomalie mentale ou psychique. Les particularités constatées relativement à son tempérament et à son caractère restent dans les limites des variations individuelles psychologiques et ne nous paraissent pas de nature à modifier sa responsabilité. »

Nantes, le 17 janvier 1914.

I V

La tâche de l'avocat défenseur était rendue particulièrement difficile par ce rapport médical si remarquable, qui entraînait presque nécessairement, pour Redureau, le maximum de la peine. Le très beau plaidoyer de M⁰ Durand, dont je citerai plus loin des extraits, n'empêcha pas la condamnation de son client à vingt ans de détention.

Il est assez déconcertant de penser que, dans l'état actuel de la jurisprudence, il eût été plus avantageux pour l'accusé de présenter les caractères de dégénéres-

cence d'un être prédestiné au crime. Son irresponsabilité, reconnue dans ce cas par les médecins, eût
permis aux jurés d'accorder le bénéfice des « circonstances atténuantes »; d'où, pour Redureau, une très
sensible atténuation de la peine. Devant les questions
précises auxquelles les jurés durent répondre *oui* ou
non, ceux-ci furent contraints à l'affirmative; et je
l'eusse été tout comme eux. Mais j'eusse pensé une
fois de plus qu'une telle procédure, et des lois qui se
montrent moins sévères, et par conséquent laissent
plus de liberté à un prédestiné qui ne peut pas ne pas
tuer, qu'à celui qu'une « dementia brevis » aveugle
accidentellement protègent mal la société et satisfont
bien imparfaitement notre besoin de justice. Je m'ar-
rête, car sur cette question il y aurait trop à dire... Mais
l'on me saura gré de reproduire ici ces considérations,
que je relève dans le plaidoyer de Mᵉ Durand, l'avocat
de la défense, et les quelques citations de juristes
éminents dont il fait usage au cours de son discours.
Ces réflexions si justes ont malheureusement pu paraître arguties subtiles aux esprits trop souvent incultes
du plus grand nombre des jurés. Le choix de ceux-ci,
on le sait, est livré au hasard, et, que « le bon sens soit
la chose du monde la mieux partagée », comme le prétendait Descartes, les délibérations d'un jury, hélas! ne
le prouvent guère.

Rien de mieux propre à nous faire comprendre la
défectuosité d'une procédure dont déjà je dénonçais
l'absurdité dans mes *Souvenirs de Cour d'assises* (absurdité relevée maintes fois depuis), que les quelques

lignes qui suivent. On y verra que le juré, pour satis-
faire son sentiment de la justice, n'a d'autre ressource
que de dire : *non,* en dépit de toute évidence; ce qui le
force souvent à dire : *oui,* en dépit de toute justice.

Mais constatons d'abord l'effort de l'avocat défenseur pour élargir ce nœud coulant du rapport médical :

« Les particularités constatées relativement à son
tempérament et à son caractère restent dans les limites
des variations individuelles psychologiques et ne nous
paraissent pas de nature à modifier sa responsabilité. »

Mᵉ Durand répond :

« J'accepte la première partie de l'avis ainsi exprimé
par les experts. L'examen psychiatrique et biologique
ne nous a révélé aucune anomalie mentale ou psychique. Mais je conteste la conséquence qu'ils en tirent.
Elle est en contradiction avec la thèse qu'ils ont déve-
loppée sur la psychologie de la puberté. Si je rapproche cette thèse des principes généraux du droit pénal, je
suis amené nécessairement à conclure que Redureau
ne peut être considéré comme pleinement responsable
de ses actes. »

Mᵉ Durand dit plus loin :

« La valeur morale d'un acte est subordonné au
degré de liberté de celui qui l'a accompli. »

Et il cite ces phrases du doyen Villey :

« La liberté, voilà la condition et la justification
de la responsabilité de l'homme. Et nous n'entendons
pas par là une possibilité physique d'agir dans tel sens
ou dans tel autre; les animaux ont cette liberté-là et
on ne songe pas à leur demander compte de leurs

actions. Nous entendons une liberté intelligente et raisonnée. En sorte que deux conditions forment la base de l'imputabilité pénale; *l'intelligence,* dans le sens de *raison morale* qui donne la notion du bien et du mal; la *volonté libre* ou *liberté* qui permet de choisir entre le bien et le mal. » « Sans liberté, pas de responsabilité », dit de son côté le professeur Saleilles; précisant ce qu'il faut entendre par liberté, il dit : « La liberté, c'est un état, l'état de l'homme en pleine maîtrise de lui-même. » L'homme n'est pas responsable lorsqu'il est en état de démence; il lui manque alors et l'intelligence et la liberté. Il n'y a dès lors ni crime, ni délit, dit l'article 64 du Code pénal. Le Code de 1810 n'admettait pas qu'il pût y avoir irresponsabilité en dehors des cas de maladie mentale, en dehors de ce que les médecins appellent des états pathologiques. Mais la science pénale a progressé et notre Code lui-même s'est transformé. Il est sorti de cette conception étroite. Ce sont, Messieurs, vos devanciers, c'est le jury français qui par ses verdicts força le pouvoir législatif à tempérer les rigueurs du Code. Le Code pénal de 1810, en dehors de la démence, n'admettait aucune atténuation à la responsabilité. Il ne connaissait pas les circonstances atténuantes. Or, souvent le jury avait en face de lui un homme qui se défendait en mettant à nu toutes les circonstances de sa vie, tous les entraînements qu'il avait subis, tous les affolements qui avaient pu l'aveugler : le jury voyait bien qu'en dehors même de la folie il pouvait y avoir des degrés dans la liberté. Faute de pouvoir doser en quelque sorte la responsabilité, il acquittait purement et simplement. C'est alors que, par deux fois successives en 1824 et 1832, le législateur, cédant aux tendances du jury, introduisit les circonstances atténuantes. « La preuve judiciaire, dit Saleilles, à qui je viens d'emprunter presque mot pour mot le développement qui précède, la preuve judiciaire doit porter désormais non plus seulement sur des états de diagnostic pathologique, ce qui est une question relativement simple et de pure constatation médicale, mais elle portera sur une question de psychologie morale, la question de savoir si l'acte (concret) a été un acte fait en état de liberté morale. »

Et plus loin, désireux d'éclairer les jurés sur les conséquences qu'entraîneront pour l'accusé leurs réponses, Mᵉ Durand leur dit ceci, qui motivait mes réflexions ci-dessus :

« Indépendamment de la question spéciale de discernement, à laquelle j'arriverai tout à l'heure, vous allez être saisi, messieurs, au sujet de chacune des sept victimes, de deux questions, une question principale et une question accessoire : " Redureau a-t-il volontairement donné la mort?... " Vous y répondrez affirmativement. La question accessoire portera sur les circonstances aggravantes. Elle ne sera pas la même dans le cas de Mabit et dans le cas des six autres.

« La circonstance aggravante relevée dans le cas du père est celle-ci : " L'homicide a-t-il précédé, accompagné ou suivi les autres crimes... "

« Je vous demande, messieurs, de répondre négativement à cette question et voici pourquoi : il est exact que matériellement le meurtre de Mabit a accompagné, précédé le meurtre des six autres victimes. Mais cette circonstance purement matérielle est insuffisante pour constituer l'aggravation prévue par la loi. La circonstance que le législateur a voulu atteindre, c'est la simultanéité morale, le fait qu'un crime a été perpétré dans le but de faciliter l'accomplissement d'un autre crime. Pour que la circonstance aggravante existe, il faut que les deux crimes aient été conçus dans un même projet. C'est ce que notre illustre compatriote Faustin Hélie enseigne dans sa Théorie du Code pénal (T. 3 n° 13 047) : " En général, dit-il, les deux crimes ne doivent être considérés comme simultanés, que lorsqu'ils sont l'exécution d'un même projet, la suite d'une même action et qu'ils sont commis dans le même temps, et dans le même lieu. " Or, il est bien certain que, au moment où il a frappé Mabit, Redureau ne songeait pas à faire d'autres victimes.

« Vous répondrez donc négativement à cette question accessoire. »

C'est ce que n'ont point fait les jurés.

V

En manière de conclusion, citons enfin cet appendice du rapport médical :

« Après deux audiences qui n'apportèrent au procès

aucune lumière nouvelle, le jury ayant rendu un verdict affirmatif sur toutes les questions, Redureau fut
condamné par la Cour au maximum de la peine que
comportait son âge, c'est-à-dire *vingt ans de détention*.

« Pendant les débats, affaissé sur son banc, la tête
basse, la figure pleurarde, son attitude fut celle d'un
enfant fautif qui s'attend à une correction d'importance. Seule, la déposition du témoin Ch..., qui tendait
à établir la préméditation, provoqua de sa part de nouvelles et formelles dénégations [1]. Il pleura quand son
oncle se présenta à la barre pour faire sa déposition.
Il versa aussi quelques larmes pendant le réquisitoire
et pendant la plaidoirie de son avocat. Il n'eut rien, en
définitive, du précoce héros de Cour d'Assises.

« Pendant les mois de prévention que Redureau a
passés à l'infirmerie de la Maison d'arrêt de Nantes, il
n'a donné lieu à aucune remarque digne d'être notée.
Le gardien chef de la prison a fait une déposition que
le journal *le Phare* reproduit ainsi : " Le témoin a
remarqué que Redureau est dissimulé, sournois, se
tenant sur ses gardes et ne répondant que par monosyllabes. Il dort bien, mange bien; n'a pas l'air effrayé
de son affaire. Il ne peut dire si l'accusé a regretté son
acte, mais il a su que Redureau avait pleuré une fois
après avoir vu son avocat. " Redureau n'a pas pleuré
qu'une fois : il a pleuré quand il recevait la visite de sa

---

1. Il convient de noter qu'à l'audience l'avocat articula,
contre ce témoin, des faits qui tendraient à le faire consi-
dérer comme une variété de mythomane. (C'est ce que
nous avons longuement fait observer.)

mère; il a pleuré bien des fois devant nous, quand nous évoquions le souvenir de ses victimes. Le lendemain de sa condamnation, il pleura longtemps, à chaudes larmes, à la façon d'un enfant; et, ses larmes séchées, on le vit peu à peu revenir à la mobilité de sentiments et à l'insouciance de l'enfant que tout amuse, qu'un rien fait rire et qui subit tout entier les influences du monde extérieur. Seul, le souvenir de sa famille le ramenait pour un moment à la réalité et lui tirait des larmes. Et à ce propos, grâce à l'obligeance de M⁰ Abel Durand, l'avocat distingué qui se chargea de sa défense, nous pouvons donner ici copie d'une lettre [1] qu'il écrivit à ses parents au lendemain de son procès, lettre qui nous paraît des plus caractéristiques :

Chers parents,

Je vous écrit pour vous dire que le grand jour est passé mais malheureusement sans bon résultat et comme vous devez l'avoir déjà appris, je suis condamné à vingt longues années d'emprisonnement dans une colonie pénitentiaire et comme vous le voyez chers parents la mort viendra nous prendre avant de nous revoir c'est pour cela qu'il faut que vous veniez chercher mes effets car ils seraient perdus et quand vous viendrez venez le samedi et le mardi parce que les autres jours c'est défendu de voir les condamnés autrement que le mardi et le samedi.

Vous ne manquerez de me donner votre adresse

1. Nous en avons respecté l'orthographe et la ponctuation.

quand vous aurez quittez le pays où nous étions si bien avant ce mauvais jour du 30 septembre où j'ai commis cet horrible forfait qui me tient à jamais éloigner d'un si bon père et d'une si bonne mère et de si bons frères et sœurs que je ne reverrai plus jamais et mon pauvre grand père qui m'aimais tant je ne le reverrai jamais et Clémentine et Berthe que j'aimais tant et Jean qui est à Alger lui qui m'était si bon quelle honte pour vous tous qui n'en êtes pour rien : Vous me direz si Marie est toujours à T... parce que ses compagnes doivent lui parler de moi si elle y est encore et elles ne doivent plus la regarder et n'en est pourtant pas la cause.

Je viens d'apprendre par mon avocat que papa est bien malade d'avoir à quitter le pays j'espère qu'il va bientôt être guéri pour fuir ce pays de malheur qui était si beau avant ce crime d'un si jeune misérable que je suis.

Je ne pense pas que je vais rester longtemps à Nantes quand je serez dans un autre endroit je vous donnerez l'adresse afin que je puisse recevoir de vos nouvelles car cela me serait trop dur de ne pas en recevoir. Vous me rendrez réponse en me disant des nouvelles de mon cher père qui pleure son enfant qui est condamné à ne jamais le revoir, je pense qu'il sera vite guéri et qu'il prenne courage et vous me direz des nouvelles de grand père qui doit être vieilli.

Votre fils qui songe à ce qu'il a commis et qui pleure en pensant à un si horrible crime qui vous a mis dans la douleur et la honte pour le restant de votre vie ainsi que celle de mes bons frères et sœurs qui pleureront *toujours un si grand crime fait par leur jeune frère prisonnier pour toujours.*

Votre fils qui embrasse en pleurant ses bons parents qui sont à jamais et pour toujours éloignés de lui.

Marcel Redureau.

« Par son mélange de préoccupations naïves et de regrets d'accent sincère, cette lettre constitue un document psychologique qui nous semble confirmer entièrement notre manière d'apprécier la mentalité de son auteur et qui nous dispense de plus amples commentaires. »

« Après la condamnation, m'écrit M. Gaëtan Rondeau, mon très aimable correspondant, les relations de Marcel Redureau avec son avocat ne cessèrent pas. Celui-ci demeurait angoissé par le mystère psychologique, dont une étude approfondie du dossier ne lui avait sans doute pas livré la clef. Après le verdict, Marcel Redureau témoigna jusqu'à sa mort de sentiments édifiants, et son défenseur ne put se garder à son égard, jusqu'à la fin, d'une sympathie un peu analogue à celle que Mauriac éprouve pour ses héros " criminels ". Marcel Redureau mourut tuberculeux, à la colonie correctionnelle de X..., vers février 1916. Quelques semaines auparavant, son avocat défenseur avait reçu de lui une touchante lettre d'adieu. Sa conduite à la colonie n'avait cessé de donner satisfaction. »

ŒUVRES D'ANDRÉ GIDE

MORCEAUX CHOISIS

INCIDENCES

CORYDON

SI LE GRAIN NE MEURT

JOURNAL DES FAUX-MONNAYEURS

VOYAGE AU CONGO

LE RETOUR DU TCHAD

LE VOYAGE D'URIEN

DIVERS

PAGES DE JOURNAL 1929-1932

NOUVELLES PAGES DE JOURNAL

RETOUR DE L'U.R.S.S.

RETOUCHES À MON RETOUR DE L'U.R.S.S.

JOURNAL 1889-1939

DÉCOUVRONS HENRI MICHAUX

INTERVIEWS IMAGINAIRES

JOURNAL 1939-1942

ŒUVRES COMPLÈTES *(15 vol.)*

JOURNAL 1942-1949

LITTÉRATURE ENGAGÉE

AINSI SOIT-IL *ou* LES JEUX SONT FAITS

DOSTOÏEVSKI

Théâtre

THÉÂTRE (Saül, le Roi Candaule, Œdipe, Perséphone, le Treizième Arbre)

LE PROCÈS, *en collaboration avec J.-L. Barrault, d'après le roman de Kafka*

LES CAVES DU VATICAN, *farce d'après la sotie du même auteur*

CORRESPONDANCE AVEC JEAN SCHLUMBERGER (1901-1950) *(édition établie, présentée par Pascal Mercier et Peter Fawcett)*

Bibliothèque de la Pléiade

JOURNAL, I, 1887-1925
JOURNAL, II, 1926-1950 *(à paraître)*
ANTHOLOGIE DE LA POÉSIE FRANÇAISE
ROMANS. RÉCITS ET SOTIES, ŒUVRES LYRIQUES

Chez d'autres éditeurs

DOSTOÏEVSKI
ESSAI SUR MONTAIGNE
NUMQUID ET TU ?
L'IMMORALISTE
LA PORTE ÉTROITE
PRÉTEXTES
NOUVEAUX PRÉTEXTES
OSCAR WILDE (In memoriam, De Profundis)
UN ESPRIT NON PRÉVENU

Impression Bussière
à Saint Amand (Cher),
le 3 septembre 1997.
Dépôt légal : septembre 1997.
1ᵉʳ dépôt légal dans la collection : septembre 1977.
Numéro d'imprimeur : 1858.
ISBN 2-07-036977-3./Imprimé en France.

effacer – to rubs out
aboutir – to succeed.
atteindre – to reach.
épouvanter – to terrify
Me régaler to enjoy ones
attendu que , Considering that
appartenir – to belong to
Partager – to share
éprouver – to experience
épargné – to spare
acharner – to go at fiercely

82950